STERREVEGTERS 2

Die Wraakneming

ERIC VON BENECKE

Malherbe Uitgewers Publikasie

Outeur: Eric von Benecke
Voorbladontwerp: Ria Richards
Digitale illustrasies: Ria Richards

Geset in Franklin Gothic 12pt

ISBN 978-1-7764623-4-6
Eerste Uitgawe 2024

1

Die tropiese son het kringe wat sigbaar versprei. Verder weg van die son word drie mane sigbaar. Die grootste maan is tropies met variasies van groen. Die kleiner maan, ook tropies, het 'n riviermond wat reg om die maan vorm. Die kleinste maan het 'n rivier, 'n tropiese deel wat aan die rivier grens.

Nie so ver van die mane nie, is 'n groot tropiese planeet, wat oorheersend uit groen bestaan.

Die sterskip vaar dieper die sterre binne en so van die tropiese planeet Bukurah af weg, wat al hoe kleiner agter die sterskip word.

Op die brug van die sterskip heers helder beelde op skerms. En oor hologram-projektors hang hologramme van sterre, galaksies en sonnestelsels.

'n Man sit op een van die stoele en staar doelloos na die paneel voor hom met toetsborde en beheerkontroles daaroor verspreid.

Die helder lig van die brug se dakbeligting blink op die man se dik, glad gekamde hare. Die baard is netjies versorg met die snor wat deel uitmaak van die baard. Jaskara dink met 'n diep plooi tussen sy oë. Dit was 'n moeilike afgelope tyd met Torian op planeet Bukurah.

Die Barakka, Quies, wat gewoonlik meer geduld met Torian het, het verskeie kere sy humeur met Torian verloor.

Torian is uit die bloed van 'n Magkryger, met die naam van Rommozor, tot vlees en bloed gebring. Die wonder deur die magte van planeet Raggamajos gedoen. Die planeet waarheen nou gester word.

Jaskara weet 'n kind uit die bloed van 'n Magkryger, veral 'n Magkryger soos Rommozor, kan net moeilikheid voorspel en Torian is nie die uitsondering nie. Hy ís moeilikheid.

En om dinge verder gekompliseerd te maak, is Torian nie meer 'n kind nie, hy is 'n volwasse jongman.

Dit is asof Torian nou moeiliker getem word as toe hy 'n kind was, nie dat hy juis maklik tembaar was as kind nie.

Jaskara dink terug aan die onderonsie wat hy en Quies met Torian gehad het, terug op planeet Bukurah.

Die tropiese son veroorsaak 'n drukkende humiditeit tussen die woude.

Drie figure is binne 'n hut van gras en tak.

Jaskara het 'n woedende blik in sy oë. "Jy vergeet, Torian, alhoewel jy uit die bloed van Rommozor geskep is, was dit vir 'n doel! Maar Rommozor, of soos jy sê jou vader, is gedood deur een van die gevaarlikste euwels wat kan voorkom op 'n planeet soos planeet Raggamajos. En die euwel is nou in 'n geesgewaad en sy naam, Tallottara-gees. Nou wil jy na planeet Raggamajos gaan om jou vader Rommozor daar te gaan ontmoet. Hy is 'n gees, 'n Magkryger in gees. Ek bly by my voorstel, ons bly op planeet Bukurah, totdat die magte aan ons verdere opdragte gee."

Torian se ligblou oë rek.

Hy skud sy kop sodat sy lang dig begroeide bruin hare uit sy gesig moet bly.

"Die magte gaan my nie aan nie! My vader het sy daad met Charaster vervolmaak. Tallottara, of te wel, Tallottara-gees, was net 'n bysaak. Ek wil my vader gaan ontmoet op planeet Raggamajos soos ek dit altyd as kind wou doen."

Jaskara vryf oor sy baard terwyl Quies 'n harde moedelose sug gee.

Die grys langhaar bedekte Barakka wys sy harige hand met die rooi handpalm na Torian toe uit.

"Kom ek en jy bou 'n nuwe hut, ekstra groot sodat jy jou eie deel het."

Torian loop op Quies af.

"Ek is nie meer 'n kind wat jy kan omkoop nie, Quies! Nou goed, as julle my nie wil neem na planeet Raggamajos nie, dan sal ek my vader na my toe laat kom. Wat julle vergeet, ek is van Rommozor se bloed en dit beteken, ek kommunikeer met sy gees al is hy 'n Magkryger."

Quies gluur met 'n woedende blik. "Torian ..."

Jaskara hou sy hand in die lug. "Nee wag, Quies! Nou goed ek sal reël. Ek hoop net dat Rommozor jou wíl ontmoet."

Torian vou sy arms. "Wat laat jou dink hy sal nie wil nie?"

"Daar is niks so gevaarlik soos 'n Magkryger in gees nie. Hulle is nie in 'n liggaam nie. Dalk as Rommozor in liggaam was, sou hy die band van sy bloed in jou bloed aangevoel het. Maar nou is hy nie in liggaam nie, hy is in gees. Jy kan hom dalk net versteur wat tot 'n ergernis kan lei."

"Wat wil jy daardeur wys raak, Jaskara?" daag Torian Jaskara se siening uit.

6

"Sou Rommozor nie in jou belangstel nie, ek sal nooit my man kan staan teenoor 'n Magkryger in gees nie, maar dan troos ek my daaraan ons het voldoen aan jou behoefte om jou vader te wil ontmoet."

"En sê maar hy wil my dood?" Torian is nie meer so seker oor die ontmoeting met Rommozor, sy vader in gees nie. Quies se stem word gehoor. "Ek glo jy sal hom kan oorreed soos jy vir my en Jaskara oorreed het. Hoop jy sal makliker met hom te werk kan gaan. So nie, eindig jy ook in 'n gees."

Jaskara kyk na Quies. "Kry die sterskip gereed, Quies, planeet Raggamajos is ver hiervandaan."

2

Terug na die hede binne die sterskip. 'n Hand word op die skouer van Jaskara gesit en hy kyk ergerlik om, omdat hy geskrik het.

Die arm met lang grys hare wat aan die Barakka, Quies, behoort hang weer langs die sy.

"Jy is nie geneë met die besluit van die magte nie?" vra Quies.

Jaskara vryf oor sy snor. "Ek is hulle slaaf, hoekom sal ek hulle bevraagteken?"

"Ek bevraagteken hulle nog die heel tyd, Jaskara. Vandat Torian uit die bloed van Rommozor gewek is tot nou."

Jaskara kyk met 'n kwaai blik na Quies. "Wat wil jy hê moet ek doen, Quies? As ek weier dat Torian vir Rommozor ontmoet, gaan nie jy of ek vir Torian meer kan tem nie, soos in glad nie. Ek het dus nie 'n keuse nie."

"Daar is nie iets soos: daar kan nie foute begaan word nie, Jaskara. Dit geld ook vir die magte! Die magte het in my oë 'n fout begaan met Torian, en nou brei hulle al hoe meer uit met hul fout en ignoreer die komplikasies. Ek stel voor dat Torian nie vir Rommozor ontmoet nie."

Jaskara skud sy kop. "Dit is nou te laat."

Quies het 'n gluur in sy oë. "Ster na planeet Talibu."

"Wat?" blaf Jaskara.

"Neem Torian na Rommozor se vader, keiser Hamza. Torian is tog keiser Hamza se kleinkind en laat alles daar vanaf verder gaan. Jy het dan jou daad uitgerig volgens my."

Jaskara staan van die stoel af op. "Quies, het jy dalk jou kop gestamp en dink nou irrasioneel? Jy is in stryd met jou gesonde verstand! Ek weet Rommozor is keiser Hamsa se seun, maar dit maak Torian nie sy kleinseun nie. Nie op die manier hoe Torian die lig laat sien is nie."

Quies kyk uit die hoogte na Jaskara. "Ek wil uittree."

"Quies ..."

8

"Luister na my, Jaskara. Jy ster na planeet Raggamajos. Wanneer ons daar aankom, distansieer ek my van Torian."

Quies loop na 'n gang, met Jaskara wat hom agterna kyk.

3

Planeet Raggamajos

Helderpers blitse, blits alom 'n permanente bewolkte planeet. Weens die dig bewolkte planeet het planeet Raggamajos 'n grys voorkoms.

Drie mane wentel alom die planeet. Die mane het ook 'n grys voorkoms. Verder weg van planeet Raggamajos gloei 'n son.

Dit is laatmiddag en die kasteel het 'n blinknat effek van die reënbui wat woed.

Binne die kasteel laat die vlammende fakkels teen mure 'n oranje gloed oor die donker gange heen.

Binne 'n kamer kyk 'n man na die geel verouderde papiere in sy hand. 'n Beweging agter die man laat hom omkyk. 'n Geestesbeeld se ligblou oë is op die man gerig.

Die man vryf oor sy netjies versorgde grys baard.

"My seun is op ster na my toe," sê die geestesbeeld.

"Mag-Rommozor, welkom in die mag-kasteel, so inderdaad is jou seun op ster na jou."

Die geestesbeeld sweef tot reg voor die man. "Magkryger-meester Baladi, hoekom is my seun van my weerhou?"

"Dit is ingewikkeld."

"Nee, Magkryger-meester dit is nie. En moet asseblief nie die Tallottara-gees

10

of die Donkermag as 'n verskoning aanbied nie. Torian is van my bloed."

Magkryger-meester Baladi knik met sy kop.

"Presies, dít is die rede. Ek sê soos voorheen, die magte het te ver gegaan, veral met jou. Maar hulle gaan nog verder met Torian."

Magkryger-meester Baladi loop na 'n fakkel en hou die verouderde papiere na die vlamme. Sodra die papiere in 'n oranje gloed vlam vat, laat Magkryger-meester die brandende papiere val

"Ek wil weet wat jy weet," sê mag-Rommozor.

"Nou goed dan. Tallottara-gees is nie weer aangevoel op planeet Raggamajos nie. Die magte voorspel anders, daar dreig meer gevaar. Ek sal moet in verbinding tree met Jaskara en Quies. Hulle moet wegbly van planeet Raggamajos met Torian."

Daar is 'n ergerlike toon in die stem van Mag-Rommozor.

"Ek praat van my seun! Ek wil weet wat jy weet van my seun!"

Magkryger-meester Baladi knik met sy kop. "Ek hét van jou seun gepraat."

Die geestesbeeld van Rommozor sweef nou nader aan Magkryger-meester Baladi.

"Ek wil my seun sien!"

11

"Ek is bevrees, jy sal nie kan nie, die rede daarvoor ..."

"Ek stel nie belang in redes nie! Dit is jou bekommernis, nie myne nie. Ek wag vir my seun in die grot van magte en geeste. Ek waarsku jou, Magkryger-meester Baladi, moet my seun nie van my weerhou nie, eerder glad nie!"

Die geestesbeeld van Mag-Rommozor verdwyn.

Magkryger-meester Baladi staar na die vloer waar die brandende papiere smeul.

Tyd het verloop op planeet Raggamajos.

Die sterskip sak tussen die berge deur na die donkergroen woud. Takke kraak soos die sterskip tussen die bome deur sak en die landingstoestel stamp op die modder grond neer. Stilte daal oor die masjinerie van die sterskip neer.

'n Hum-geluid is van die boeg-area en 'n loopbrug vorm uit die boeg.

Voetstappe klink op en 'n jong man wie se hare tot oor sy skouers gegroei is, Torian, loop oor die loopbrug. Agter die jong man, loop 'n ouer man, Jaskara. Die Barakka Quies, gaan in die opening staan. Hy sien hoe Torian en Magkryger Jaskara verder en dieper die woud instap. Hy draai om en loop die sterskip binne.

'n Hum-geluid klink op en die loopbrug vorm tot deel van die boeg.

Voor die bek van die grot woed 'n hewige reënbui. Twee figure loop vanuit die reënbui die grot binne.

Torian se oë rus op die gloeiende oranje gloed deur die fakkels dieper die grot heen. Hy gaan stilstaan en Jaskara langs hom gaan ook stilstaan.

Jaskara kyk na Torian.

"Torian, laat vaar die ontmoeting met Rommozor. Dit gaan komplikasies veroorsaak."

"Dit gaan komplikasies veroorsaak as jy my seun van my weerhou!" sê 'n stem vanaf die diepte van die grot.

Torian en Jaskara sien hoe 'n geestesbeeld uit die diepte van die grot gesweef kom.

Jaskara buig voor die geestesbeeld, maar die geestesbeeld buig nie.

"Ek moes jou in jou hart gesteek het toe ek die kans gehad het, Jaskara," sê die geestesbeeld van Mag-Rommozor dreigend.

Jaskara het intussen regop gekom.

"Jammer ek het jou lewe gespaar toe ek in 'n sneeuwolf verander was," sê Jaskara dreigend terug.

Die geestesbeeld sweef dreigend nader aan Jaskara.

"Jy is nie meer 'n snotkop seuntjie nie, en jy het in niks verander nie, so jy is werklik. Ek kan jou dood en die magte sal nie eens berou oor jou hê nie. Jy wat jouself 'n Magkryger noem, het my seun van my gesteel en sien groot word."

Jaskara se wange het 'n blosende kleur van ingehoue woede. "Tot my spyt was ek lojaal teenoor die magte en opdragte uitgevoer om jou seun tot 'n man sien grootword."

Mag-Rommozor sweef dreigend nader.

"Jy!"

"Hou op! Albei van julle!"

Die stem agter Jaskara en Torian laat die twee verskrik omkyk.

Magkryger-meester Baladi stap om Jaskara en Torian die grot binne. Magkryger-meester Baladi kyk na Jaskara.

"Jaskara, lanklaas gesien."

"Ek het aan Torian se versoek voldoen dat hy sy vader ontmoet," sê Jaskara, maar daar is bitterheid in sy stem te bespeur oor die ontmoeting.

"Dit was ook my versoek, Jaskara," sê Magkryger-meester Baladi.

"Ek keur jou en die magte se besluite af," sê Jaskara opstandig.

Magkryger-meester Baladi hou sy hand in die lug om enige teenspraak te stuit.

"Torian, jy bly vir 'n ruk in die grot saam met jou bloed-vader, Rommozor. Daarna sal jy enige opdragte wat die magte ook mag hê, respekteer. Verstaan jy my?"

'n Tevrede glimlag is oor die lippe van Torian.

"Jaskara, jy kom saam met my na die Magkasteel." Magkryger-meester Baladi stap die grot uit.

Jaskara kyk na die geestesbeeld van Mag-Rommozor, draai om en stap die grot uit.

4

Die nagte op planeet Raggamajos is die donkerste van enige planeet, weens dat die planeet permanent dig bewolk is. Met die donderweer wat woed, blits helderpers blitse uit die wolke, gevolg deur ontsaglike harde donderslae. Wanneer helderpers blitse weer blits, word 'n kasteel in die pers gloed verlig.

Meer donderslae klink op.

In 'n kaggel lewe vlamme aggressief aan hout wat gepaard gaan met knetterkraak-geluide.

Die groot kamer is verlig deur fakkels en 'n soet reuk heers in die kamer wat van die brandende hout in die kaggel afkomstig is.

Jaskara kyk na die man wat oorkant hom sit.

"Waar is Quies?" vra Magkryger-meester Baladi belangstellend.

"Hy stel vir my 'n voorbeeld ... distansiëring." Magkryger-meester Baladi skud sy kop. "Hy, sowel as jy, is dade opgelê deur die magte. En dit is nog lank nie afgehandel nie."

Jaskara sit op die punt van die stoel.

"Wat probeer jy sê, Magkryger-meester Baladi?"

Magkryger-meester Baladi staan vanuit sy stoel af op. "Die Tallottara-gees is nooit weer aangevoel op planeet Raggamajos nie, alhoewel ek sy gees verswak het. Maar my gees is onrustig en waarsku my ek moet nie die vrede vertrou nie. Dus wil ek Torian na planeet Palioa stuur om daar sy lewe in vrede voort te sit. Ek sal so reël dat Rommozor in gees gereeld met hom kontak maak."

Jaskara gaan weer in die stoel terug leun. "Dit sal beter wees as hulle nooit weer kontak met mekaar maak nie."

Terwyl Magkryger-meester na die vlamme staar, praat hy. "Dan, sal dit so wees."

'n Glimlag vorm oor die lippe van Jaskara, maar die glimlag is van korte duur. "Die magte se optrede laat vrae by my opkom, meester."

Magkryger-meester Baladi kyk om na Jaskara. "Ek het aan jou my opdrag gegee aangaande Torian, Jaskara. Moet my nie bevraagteken nie."

Jaskara is ongemaklik.

"Dit gaan nie oor Torian nie, dit gaan ... Vergeef my meester, as ek uit my beurt praat, dit

17

gaan oor u. U is 'n Magkryger-meester en u ouderdom is oor die duisend jaar, maar nog altyd in vlees waarom so?"

"Die vraag het ek persoonlik aan die magte gevra en hul antwoord: Die magte is in beheer met alles. Maar ek is nie jou prioriteit nie, Torian is. En ek beloof aan jou Jaskara, Torian gaan 'n prioriteit word wat liefs in die naam van vrede, nie veronagsaam moet word nie."

Magkryger-meester Baladi stap die kamer uit.

5

Tyd het verloop op planeet Raggamajos
Wild begroeide varings wat uit heldergroen, geel en rooi bestaan, raak aan die kuite van Torian terwyl hy tussen die bome deur loop.

Hy kyk om hom heen en sien donkergroen bosse met stompe met mos daaroor versprei tussen die

18

bosse lê. Dit is asof die natuur haar eie omgewing rangskik.

Reënmis hang grys alom hom.

'n Geskreeu klink op en Torian staan effens verward stil.

Hy loop na 'n boom en vat aan die stam. Die stam is warm en Torian kan die energie vanuit die boom aanvoel. Jaskara het aan hom vertel van die uniekheid van planeet Raggamajos se natuur.

Weer word die geskreeu gehoor.

Torian frons en kyk tussen die bome deur. Dit het vir hom soos 'n vrou se geskreeu geklink en hy wonder of hy hom nie verbeel het nie.

Hy wil verder stap, maar 'n geskuifel deur die varings laat Torian na agter hom kyk.

Sy hand rus op die hef van 'n nuut ontwerpte laserwapen vanaf 'n planeet, wat Jaskara aan hom gegee het vir wanneer hy in die woude rond drentel. Maar dit waarna Torian nou staar, laat hom in sy voetspore versteen.

'n Figuur wat Torian dadelik kan aflei, die van 'n meisie is, kom loop-vallende deur die varings aan. Haar klere is aan flarde en waar die liggaam plek-plek wys is daar skraapmerke sowel as bloedstrepe.

Torian hardloop na haar en gryp haar in sy arms.

Die meisie se groot ligblou oë is verskrik gerek asook starend van skok.

"My naam is... Sa...Sadriza ..." Sy word heeltemal slap in die arms van Torian.

Torian tel haar in sy arms op en loop die rigting in vanwaar hy vandaan gekom het.

6

Binne die Mag-kasteel het die fakkels teen die mure van 'n kamer 'n dansende oranje gloed oor die mooi gevormde gesig van die meisie, waar sy op die bed lê.

Langs die bed op 'n stoel sit Torian haar en bewonder, want sy is beeldskoon. Die mooiste skepping wat hy al ooit in sy lewe gesien het. Hy hoor nog haar stem sê: "Sadriza."

Die kamerdeur gaan met 'n kraak- en knarsgeluid oop.

Jaskara stap die kamer binne en stoot die swaar houtdeur weer toe. Hy loop na die bed, maar sy oë is op Torian gerig.

"Sy is in goeie hande," sê Jaskara sonder om sy oë van Torian weg te neem.

Torian glimlag ingenome. "Solank ek vir haar iets kon beteken het."

"Sy sal nie weet nie, ons ster na planeet Palioa. Soos ek vroeër gesê het, sy is in goeie hande. Die magte sal mooi na haar omsien totdat sy sterk genoeg is."

Torian het 'n woedende blik op Jaskara. "Ek gaan nie van haar af weg voordat ek nie weet wat met haar gebeur het nie!"

Jaskara gluur na Torian. "Die magte se opdrag is, ons ster nou – soos in nou – na planeet Palioa. Jy het jou gehoorsaam gemaak aan Magkryger-meester Baladi in die grot ... onthou jy? Jy sal gehoorsaam wees aan die opdragte van die magte, wat dit ook mag wees."

Torian staan van die stoel af op en sy gesig is teenaan die van Jaskara.

"Nee! Ek gaan bly totdat hierdie meisie met my gepraat het."

"Torian die magte ..."

"Die magte se ..."

'n Kreungeluid vanaf die bed laat Torian omkyk, asook die oë van Jaskara is op die meisie gerig.

Torian draai na die bed en neem die meisie se hande in syne.

"Sadriza," sê Torian fluisterend.

Sadriza se groot ligblou oë is verward, tog verwilderd.

"Pappa ... Mamma ... waar is hulle?"

Jaskara het 'n vraende blik, maar dis Torian wat praat. "Jy was alleen. Ek het jou gevind." Torian gaan weer op die stoel sit.

"Wat het gebeur? Kan jy enige iets onthou?" vra Jaskara, maar sy oë is glurend op Sadriza.

Met die mooiste sagte meisiestem praat Sadriza. "Bose trolle het ons hut aangeval. Dit was vreesaanjaend. My boetie, my sussie ... die bose trolle het hulle met knopkieries geslaan. Dit was net bloed. Ek kon daarin slaag om te vlug. My ouers ... hulle was ook buite die hut, hulle moet hier wees."

Torian wat met 'n effense geboë kop sit, skud sy kop. "Nee, jy was alleen."

"Nee! My ouers het ook in die rigting gehardloop wat ek gehardloop het."

"Waar is julle hut, in watter deel van die woude?" vra Jaskara wat Sadriza nog steeds aangluur.

Torian het 'n ergerlike blik wanneer hy omkyk na Jaskara. "Watter vrae wil jy haar nog vra? Soos wat het hulle vir ontbyt gehad?"

Meteens prewel Sadriza: "Water ... water asseblief. Water ..."

"Ek sal gaan haal," sê Jaskara en stap by die kamer uit.

Sadriza wikkel haar hand onder die hand van Torian uit en haar hand is agter sy kop.

Meteens is daar baie krag in die hand van Sadriza en sy druk Torian se agterkop totdat sy gesig teenaan hare is. Die eens ligblou oë van Sadriza verander in 'n geelrooi kleur ...

Jaskara stap die kamer binne met 'n metaalbeker in sy hand.

Torian staan met 'n glimlag van die stoel af op en neem die beker.

Sadriza se nou ligblou oë rus sagkens op die van Jaskara; so of niks gebeur het nie. En Torian kom normaal voor; so of hy aan geheue verlies ly oor wat met hom gebeur het. Of hét daar iets gebeur?

Sy neem die beker en plaas haar lippe oor die rand van die beker. Sy drink stadig van die water.

Jaskara is ongemaklik. "Jammer oor my optrede. Ek het geen verskoning om aan te bied nie. Vergeef my asseblief."

Sadriza neem die beker voor haar lippe weg en 'n glimlag speel oor haar lippe.

"Ek verstaan nie jou optrede nie, maar ek vergeef jou. Ek vra net om te rus."

Torian glimlag ingenome. "Natuurlik! Ons sal een of ander tyd kom kyk of jy gemaklik is."

Jaskara loop na die oop deur met Torian wat hom volg.

Met sy oë op Sadriza, stap Torian by die kamer uit en trek die deur met 'n kraak- en knarsgeluid toe.

Sadriza hoor hoe hulle in die gang afstap en gesels.

Sy druk haar agterkop dieper in die kussing. Die ligblou oë is groot gerek, starend en meteens verander die ligblou kleur in 'n geelrooi kleur. Die mond gaan oop en lang breë slagtande vorm die bo kaak uit.

Dan trek die mond na agter en 'n diep grommende lag volg.

Die hande wat nou slank-vormig is, het 'n geel kleur met swart naels en die metaalbeker word soos papier opgefrommel.

Die fakkels met hul rooigeel vlamme verander in pers gloeiende vlamme en die kamer verdonker ...

7

Dit reën sag oor die kasteel. Die natuur toneel is 'n dynserige grys oor die woud. In 'n kamer kyk Torian van die venster om wanneer die deur met 'n knarsgeluid oopgaan.

Jaskara kyk uit die hoogte na Torian waar hy in die deur staan. "Ons vertrek wanneer dit nag is na planeet Palioa." Jaskara wil omdraai om by die kamer uit te loop, maar Torian praat.

"Ons kan gaan sodra Sadriza ten volle herstel het."

Die woede blits in die oë van Jaskara. "Ék het aan jou versoek voldoen om te bly totdat jy met Sadriza gepraat het, én nou hét jy! Ek herhaal myself wéér, wanneer dit nag is, ster ons na planeet Palioa. Quies het die sterskip alreeds op gereedheid."

Meteens is daar 'n smeek uitdrukking in die ligblou oë van Torian. "Asseblief, Jaskara, ek sal my nie teësit as ons kan ster wanneer Sadriza op die been is nie, asseblief."

Torian het die vermoë om enige iemand se hart te laat smelt met daardie ligblou oë se smeek uitdrukking.

Jaskara knik. "Nou goed dan. Ek sal die nuwe verwikkeling aan Magkryger-meester Baladi gaan verduidelik. Hy gaan nie ingenome daarmee wees nie, maar jy beter jou staaf by jou woord anders sleep ek jou daardie sterskip binne."

Jaskara loop by die kamer uit.

Torian kyk na die gang. 'n Glimlag speel oor sy lippe.

Dit is vroegaand. Diere en voëls roep terwyl hulle na hul blyplekke gaan.

In die Mag-kasteel en in 'n kamer verlig fakkels 'n vroulike figuur in die bed. Die swart hare hang welig oor die skouers van Sadriza waar sy sit-lê. Haar liggaam is bedek met komberse. Haar rug is gestut teen die kussings.

Die swaar houtdeur gaan oop na 'n ligte geklop. Torian steek sy bolyf deur die opening en glimlag vir Sadriza.

Sadriza glimlag terug en haar ligblou oë is op die oë van Torian gerig.

"Ek het gewonder wanneer jy gaan kom kuier," sê Sadriza met die sagste meisiestem wat Torian al ooit in sy lewe gehoor het.

Torian stoot die deur agter hom toe en loop op die bed af. Hy gaan by die voetenent sit en staar met bewondering na Sadriza. Hy kan net nie sy oë van haar wegneem nie. Beeldskoon is nie die woord waarna hy soek nie. Eerder 'n volmaakte mens wat net in die heelalle kan voorkom.

Sadriza vryf met haar hand oor die bo-hand van Torian.

Torian kyk na die hand omdat dit die sagste is wat hy ooit aan 'n hand gevoel het. Die hand vryf teen die voorarm van Torian op.

Wanneer Torian weer na Sadriza kyk, snak hy hoorbaar na sy asem.

Sy het die komberse van haar liggaam afgeskop. Sy is naak. Torian voel hoe hy kort van asem is. Sy mond voel droog. 'n Ligte bewing gaan deur sy lyf en hy beweeg nader aan haar ...

Alhoewel planeet Raggamajos permanent bewolk is gee die vroegaand 'n spookagtige miswolk oor die woude heen. Mis hang wit en swaar voor die bek van 'n grot.

Dieper die grot binne word die swart donker gange verlig deur brandende fakkels teenaan die grot se mure.

Tussen twee mure waar fakkels knetterend brand, staan twee figure.

"Julle verontagsaam my!" sê Magkryger-meester Baladi woedend.

Jaskara is ongemaklik. "Ek is jammer, Meester. Dit is Torian wat gevra het en beloof het dat ons sal styg sodra Sadriza op die been is."

Daar is 'n verwarde frons oor die gesig van Magkryger-meester Baladi. "Sadriza? Ek verstaan nie. Wie is Sadriza?"

"'n Meisie wie se gesin deur bose trolle uitgewis is dieper in die woude. Ek is jammer, Meester, ek dog u sou geweet het van die insident. U woon tog self in die Mag-kasteel."

Die frons verdiep en daar heers verbasing in die blik van Magkryger-meester Baladi. "Het jy dan vergeet, Jaskara? Ek was besig met opleiding van Magkrygers en hul meesters, en die Mag-kasteel is nie die enigste kasteel op planeet Raggamajos nie. Daar is ander waar ek kan gaan woon, soos wat die afgelope tyd ook die geval was. Maar nou, dit is vreemd dat ek nie bewus van die meisie is nie. Die magte sou aan my van so 'n tragedie ingelig het en daar sou jag gemaak gewees het op ... op bose trolle ..."

Magkryger-meester Baladi kyk na die grot se vloer en dan op na Jaskara. "Wat meer vreemd is, is dat die bose trolle almal uitgesterf het. Hier is meer as "n duisend jaar laas 'n trol in lewende lywe gesien."

Jaskara weet nie wat om daarop te antwoord nie. "Meester, sou u dan beswaar hê as ons styg sodra Sadriza op die been is?"

Magkryger-meester Baladi antwoord met 'n beslistheid in sy stem. "Jaskara, julle moet styg, soos in dadelik. Ek het voorheen my bekommernis verduidelik. Ek het nie weer vir Tallottara wat in gees is aangevoel op Raggamajos nie, en my gees is onrustig. Julle moet nou styg, daar is nie meer 'n keuse nie. Ek sal intussen die magte aansê om enige ongerymdhede in die woude aan my te rapporteer. Sadriza sal my verantwoordelikheid word, en dit is finaal."

Die permanente bewolkte aand word verhelder deur bloupers blitse uit die wolke sodat die woude se bome in 'n helder pers gloed uitgewys word.

Donderslae weergalm en eggo vêr heen.

So ook word die Mag-kasteel in 'n pers gloed uitgebeeld met skadu's om.

Binne die kamer verlig die oranje gloed wat

afkomstig is van die fakkels Torian se natgeswete rug.

Hy kom regop van Sadriza se liggaam en sy verberg haar liggaam met die komberse.

Hy gaan langs haar lê. Hy haal hortend asem en vryf met sy hand oor die wang van Sadriza. "Jy het baie energie in jou, jammer my kragte het my gefaal," sê Torian.

Sadriza vryf oor die bo-arm van Torian. "Jy het nog baie kragte om te ontdek, Torian, en jy gaan ver weg van my af heen."

Torian het 'n uitdagende en opgewonde uitdrukking. "Jy kom saam."

Sadriza skud haar kop. "Ek kan nie en dit weet jy."

"Hoekom nie? Jou ouers, broer en suster is gedood deur bose trolle. Ons kan saam 'n begin maak op planeet Palioa. 'n Nuwe lewe."

"Jaskara sal dit nie toelaat nie, ook nie jou vader, Rommozor, wat 'n Magkryger in gees is nie."

Torian het 'n verbaasde blik. "Hoe weet jy dit alles?"

"Ek kan ook my gees gebruik om aan te voel. Jy moet gaan, Torian. Jaskara kan enige oomblik van die magte terugkeer. En as hy jou hier vind soos jy is, naak, sal hy woedend wees. Ons moet afskeid neem, vir altyd. Ek sal jou kragte nooit vergeet nie."

"Sadriza ..."

"Nee, Torian, gaan! Gaan net van my af weg."

Sadriza draai haar gesig en liggaam weg van Torian.

Torian staan so naak as wat hy is van die bed af op. Die vlamme vanaf die fakkels verlig sy liggaam in 'n oranje gloed.

Hy loop na die toe deur, pluk dit oop en stap die kamer uit. Hy trek die deur agter hom toe.

Sadriza gaan weer op haar rug lê. 'n Glimlag speel oor haar lippe. Die glimlag verdwyn. Sy maak haar mond oop en 'n baie harde brul met 'n diep grom eggo tot in die gange heen.

Torian gil en storm met 'n duik sy kamer binne, want dit het vir hom geklink asof 'n monster hom van agter bestorm. Hy lê poedelnaak op sy maag.

Jaskara wat op dié oomblik in 'n gang afgeloop kom, skrik hom buite weste en pluk sy 'n laserwapen uit. 'n Helderpers laserstraal verhelder die mure om hom.

"Wat in die hemele was dít?"

Dit is vroeg oggend. Die donkergrys en grys tot wit wolke hang laag oor die woude heen, so ook oor die kasteel.

Die swaar houtdeur word oopgestoot en Jaskara stap 'n kamer binne. Voor die kaggel waar vlamme aan die hout lewe staan Torian. Hy kyk nie om na die deur óf Jaskara nie.

"Torian, kry jou goed ons vertrek. Dit die opdrag van Magkryger-meester Baladi. Ek kom nou net van Quies af. Die keer gaan hy nie weer die sterskip se gereedheid kanselleer nie. Magkryger-meester Baladi sal na Sadriza omsien totdat sy op haar eie in die woude kan aangaan."

Torian draai na Jaskara wat in 'n uitdagende posisie staan. "Ek smeek by jou, Jaskara, ek wil vir Sadriza saamneem. Sy het niks meer om voor te leef op planeet Raggamajos nie."

Jaskara skud sy kop uit verslaentheid as hy terugdink aan Magkryger-meester Baladi se woorde dat trolle meer as 'n duisend jaar laas gesien was.

"Ek kan nie, Torian! Daartoe sal Magkryger-meester Baladi nooit instem nie. Ek is bevrees Sadriza sal moet bly, maar Magkryger-meester

31

Baladi sal na haar omsien en jy het niks om jou oor te bekommer nie." Jaskara glimlag gerusstellend. Torian het weer 'n smeek uitdrukking in die ligblou oë. "Asseblief Meester, ek sal gehoorsaam aan jou, sowel as Quies wees. Sadriza is vir my baie meer werd as wat my vader in gees is." Jaskara gluur na Torian. "Jy manipuleer my, Torian, en ek is nie daarvoor te vinde nie. Sou ek ja sê, sal Magkryger-meester Baladi dit nie goedkeur nie, altans hy is onder die indruk ons ster alreeds na planeet Palioa." Meteens is daar 'n opgewonde blik in die oë van Torian. "Hy hoef nie te weet nie! Hy sal dink dat Sadriza het intussen reggekom. Asseblief, Meester, asseblief ek smeek jou!" Jaskara kyk af na die vloer. "Meester nogal," en weer op na Torian, "nou goed, maar weet dit net, Torian, ek laat my nie manipuleer nie. As jy teruggaan op jou woord sal jy wens ék het eerder op planeet Raggamajos agtergebly." Torian hardloop opgewonde verby Jaskara die kamer uit.

Later die dag en oor die hele woud, hang 'n reëngordyn.

Die Mag-kasteel het 'n blinknat effek weens die reëns.

Magkryger-meester Baladi staan by 'n venster en kyk uit na die reën oor die woud.

'n Stem agter hom praat en Magkryger-meester Baladi kyk in die skadubeeld van die venster. Hy sien 'n deursigtige geestesliggaam.

"Ja, Mag-Rommozor, jou seun is op ster na planeet Palioa."

"Ek voel aan u gees u is bekommerd. U het aan my dan die versekering gegee Torian sal veilig wees op planeet Palioa."

Magkryger-meester Baladi draai om en kyk na die deursigtige gees van Mag-Rommozor.

"Ek hét en ek bevestig my belofte om te sê hy sal veilig wees op planeet Palioa."

"Dit regverdig aan my nie u bekommernis nie," sê Mag-Rommozor en is uitdagend.

"Rommozor, jy het Lawakoningin Yeva gedood. Tallottara het in 'n gees geëindig. Lawakoningin Yeva het van planeet Raggamajos verdwyn, of so het ek aangevoel. Ek het nie weer Tallottara se verswakte gees aangevoel nie, maar het geweet dat die Tallottara-gees wel op planeet Raggamajos is. Maar nou 'n ruk terug het my instink oor die Tallottara-gees my laat weet dat die Tallottara-gees net so van planeet Raggamajos verdwyn het. Tog voel ek aan dat die Tallottara-gees, tesame met Lawakoningin Yeva, nou vir goed weg is van planeet Raggamajos."

"Verskoon my, meester Baladi, maar dit is hoe dit mos hoort."

"Ja, Rommozor, maar in dieselfde tyd dat Torian op ster is na planeet Palioa, verloor ek alle kontakte met die gevaarlikste geeste wat nog op 'n planeet kan voorkom."

"Meester, ek verstaan nie wat u aan my probeer tuisbring nie."

"Jaskara het aan my vertel, dat Torian op 'n meisie afgekom het wie se gesin deur bose trolle uitgewis is, haar naam Sadriza. Ek wil hê jy moet na die woud gaan en gebruik jou gees eienskappe en vind presies uit waar haar gesin vermoor is. En deur wie is haar gesin werklik vermoor. Wanneer jy na my terugkeer, sal ek weet wat om volgende te doen."

Die geestesbeeld van Mag-Rommozor verdwyn.

Magkryger-meester Baladi kyk weer by die venster uit.

8

Die sterskip snel teen hiper maal hiper ligspoed tussen die sterre voort.

In een van die kajuite kyk Jaskara na die twee figure wat voor hom staan.

Torian het 'n gelukkige, tevrede glimlag oor sy lippe. Hy kyk nou en dan na Sadriza wat ook haar gelukkigheid wys deur breed te glimlag.

"Julle twee het my nou in groot moeilikheid by Magkryger-meester Baladi as hy sou uitvind. Ek hoop, Sadriza, dat jy 'n nuwe lewe sal vind op planeet Palioa."

'n Spontane glimlag vorm onkeerbaar oor die lippe van Jaskara.

Sadriza tree vorentoe en gee vir Jaskara 'n klapsoen op die wang ...

Quies werk oor 'n toetsbord op 'n paneel voor hom. Hy kyk op wanneer 'n figuur sy aandag trek.

Jaskara kyk in die grys harige gesig van Quies.

"Moet eerder niks sê nie, Quies. Planeet Palioa is nog ver, baie ver."

"Ons moes in die begin vir Torian na planeet Palioa geneem het, maar soos gewoonlik kry Torian sy sin soos nou weer met Sadriza," sê Quies ongelukkig.

"Sadriza het nêrens om heen te gaan nie, miskien kan sy vir Torian tem."

Quies knik instemmend sy kop. "O ja, sy het hom alreeds getem én hom daarby goed getem ook," daar is sarkasme in die stem van Quies.

"Daar sien jy nou vir jouself. Sadriza is tog tot ons almal se voordeel," probeer Jaskara, Sadriza se saamwees regverdig.

Quies gluur na Jaskara.

"Nou goed, Sadriza soos jy sê, is tot almal se voordeel, maar tog het ek 'n vraag, en dit gaan oor Sadriza. My instink het my laat aanvoel sy verwag. Daar het alreeds 'n fetus gevorm. Wat nou, Jaskara? Tot wie se voordeel is dit? En wie gaan daardeur getem word – Sadriza of Torian?" Jaskara word doodsbleek.

Die skuifdeur skuif oop en Jaskara stap die kajuit binne. Sadriza wat op die rusbank sit-lê, kyk met kwaai gesteurde oë na Jaskara.

"Ek verwag wie ook al my kajuit wil binnekom, gebruik sal maak van die alarm," sê Sadriza skerp. Jaskara het 'n blos oor sy wange van woede. "Soos jy sê, jy verwag en dit is ook letterlik. Hierdie is nie jou kajuit nie én ek maak van geen alarm gebruik in my eie sterskip nie. Op die aandring van Torian, het ek jou hier in hierdie sterskip. Maar dit is asof dit nie nodig sou wees nie, aangesien jy baie gou oor die trouma van die dood van jou gesin gekom het!"

"Wat probeer jy kwytraak?"

"Quies het 'n instink wat enige lewe, waar ook al, hoe klein ook al, kan aanvoel. Dus het hy die fetus binne jou aangevoel. Jy het vir Torian in 'n baie kort tyd leer ken, van die dag toe hy jou gevind het, tot nou. Sou julle in liefde verkeer het, sou dit te gou en onmoontlik wees dat 'n fetus reeds gevorm het. Ek gaan laat Quies jou terugneem na

Raggamajos nadat ek en Torian voete op planeet Palioa gesit het."

Sadriza byt haar onderlip vas terwyl trane oor haar wange biggel. "Asseblief, dit is Torian se kind. Ek is self verbaas dat daar alreeds 'n fetus gevorm het ..."

"Wat?! Wil jy aan my sê jy het dit so beplan dat Torian jou verwagtend moet maak?"

"Ek wil hom nie verloor nie ..." Sadriza se stem breek in 'n huil.

"Verstaan jy nie? Torian het nie 'n normale lewe nie, hy word bedreig! Nou met 'n baba daarby gaan alles te gekompliseerd raak. Ek dring daarop aan dat Quies vir jou en die baba moet terugneem na planeet Raggamajos en jy sal vergeet van Torian! Dis vir jou en die baba se veiligheid."

Jaskara stap die kajuit uit en die skuifdeur skuif toe.

Sadriza se ligblou oë verander in 'n geelrooi kleur en haar gelaat word geel. Haar mond gaan oop en lang breë slagtande vorm uit die bo-kaak. 'n Grommende brullende stem kom uit haar mond.

"Ons sal sien! Ek het nog nie my daad afgehandel nie, ek gáán wraak neem."

Die kop word na agter gegooi en 'n diep grommende lag volg ...

Dit is nag oor die woud en aangesien dit permanent bewolk is op planeet Raggamajos, is dit baie donker.

Helder blitse blits vanuit die wolke terwyl 'n swaar reën heers. Wanneer daar weer 'n straal blits word 'n kasteel in 'n pers gloed verlig. Die blits het ook die vlae van die reën uitgewys.

Binne die kasteel is dit vreesaanjaend donker met hier en daar 'n fakkel wat 'n oranje gloed tussen die swart gange voortbring. Verder aan in die swart gang is 'n deur.

Die geestesliggaam sweef deur die deur.

Binne die kamer, by 'n lessenaar waarop kerse brand, kyk Magkryger-meester Baladi op en na die deursigtige geestesliggaam voor hom. Mag-Rommozor staar net na Magkryger-meester Baladi.

Magkryger-meester Baladi voel aan dat daar slegte nuus op hom wag. Sy voorgevoel is uiters onrustig. Meteens is daar 'n verskrikte blik in die oë van Magkryger-meester Baladi, maar hy klou vas aan die hoop wat nou by hom opkom.

"Waar het jy haar gevind? Wat kon jy uitvind?"

"Asseblief, Magkryger-meester Baladi, jy weet wat die antwoord is, maar ek gee dit tog aan jou. Daar was nog nooit iemand met die naam van Sadriza nie. Én bose trolle bestaan nie meer nie. Hier is die antwoord, voordat u enigsins 'n vraag het om te vra. Lawakoningin Yeva, tesame met die Tallottara-gees, is nie meer te vinde op planeet

Raggamajos nie. U gees sal weet waar hulle is. Sadriza ... Ek moes aan u gehoorsaam gewees het, sodat my seun nie na planeet Raggamajos moes kom nie. Ek beleef nou die waarskuwing wat u aan my gerig het. Vergeef my asseblief."

Die geestesbeeld van Mag-Rommozor sweef om en sweef deur 'n muur.

Magkryger-meester Baladi sit sy vinger oor sy lippe en leun in die stoel terug. Hy het gefaal – gruwelik misluk ...

9

Die sterskip ster onsigbaar tussen die sterre voort weens hiper maal hiper ligspoed.

In die brug het al die vensters wit-pers strepe. Dit is die sterre wat verbyskiet. Van voor lyk dit asof daar in 'n klein tonnel gester word.

In 'n kajuit op 'n smal bedjie lê Sadriza. Haar gesig het 'n bleekgeel gelaat.

Tussen haar bene staan Quies en sy Barakka gesig spreek van ongemak aangaande die geboorte.

In 'n kwessie van korte tydsduur het die fetus gegroei tot 'n volmaakte baba.

Langs die bed staan Jaskara met Torian aan die anderkant.

Sadriza lig haarself effens na bo. Haar ligblou oë wil-wil dowwer word, maar sy gluur tog na Quies.

"Wat staan jy so? Ahh ... my seun wil gebore word ... ahh."

"Quies wat maak jy?" gil-skree Torian benoud.

"Ek gehoorsaam my gees en my gees word gewaarsku deur die magte. Hierdie seun moet eerder nie gebore word nie. As hy gebore word gaan ek hom wurg."

"Quies, is jy mal? Van jou verstand af? Laat my seun gebore word!" gil Torian briesend.

Quies kyk na Jaskara wat na die liggaam van Sadriza staar, maar geen woord rep nie. Wanneer hy praat is sy stem laag en gevoelloos. So asof hy net wil moor.

"Wie en wát is jy?"

"Jaskara! Julle word mal!" skree Torian.

Torian kyk na Sadriza wat nou smalende is.

Wanneer Quies na die bene van Sadriza kyk, is die baba al halflyf sigbaar. Wanneer die baba se lyf meer sigbaar word, doen Quies niks om die baba te vang nie.

Die baba val met 'n plofgeluid op die vloer neer. Vreemd, die baba het nie 'n naelstring nie. En daar is geen bloed of vogtigheid aan die lyfie nie.

Gille hang in die lug soos Torian verwoed gil. Hy storm om die tafel na waar Quies staan en stamp in die proses vir Quies uit die pad.

Torian raap die baba van die vloer af op.

Die babaseuntjie huil nie, en sy helder ligblou oë is sagkens op die oë van Torian gerig.

'n Gromgeluid laat Torian na Quies kyk.

"Wat grom jy? Jou lae gemene monster! Jou ... jou ... oerang..."

Quies het sy oë op Torian. "Ek het nie gegrom nie en ek is nie 'n monster nie. Sadriza is ..."

Wanneer Quies weer na Sadriza kyk, kyk Torian ook na haar, maar die keer rek die ligblou oë van Torian ...

Lang, breë slagtande het uit die bo-kaak van Sadriza gevorm.

Die oë van Torian is nou meer gerek en sy lippe maak 'n tuitvorm.

"Gots..."

Die ligblou oë is weg en het plek gemaak vir geelrooi oë en dié oë staar nou uitdagend na Jaskara.

Meteens praat Sadriza grommend. "Ek sal my wraak laat geld op die Magkrygers! Ek sal sorg dat ek planeet Raggamajos regeer!"

Dit voel vir Jaskara of hy deur 'n yskoue stroom water gegooi word.

Dit is die stem van Lawakoningin Yeva!

Haar liggaam was al die tyd in die liggaamsvorm van Sadriza.

Jaskara tree terug en sy hand vou om die hef van 'n wapen wat aan 'n gordel om sy lyf gebind is. Hy trek die hef uit en 'n pers laserlig straal uit die hef van die laserwapen.

"Ek, as Magkryger, is 'n daad opgelê om te sorg dat planeet Raggamajos asook alle planete gevrywaar is van euwels soos jy, Lawakoningin Yeva. Ek sal jou tot op die bittere einde toe beveg en jou werpsels dood!"

Meteens sweef Lawakoningin Yeva in Sadriza se gedaante, van die bed na bo. Haar hande met die vingers verspreid is voor haar gerig. Lang naels vorm uit die vingerpunte en lyk soos massiewe lemme.

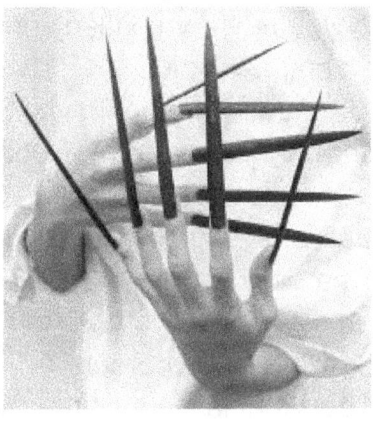

"Ek hoop jy kan jou dreigement uitvoer ..." grom Lawakoningin Yeva en 'n hoë skril-geluid word gehoor.

Sy sweef reg op Jaskara af en voer kap bewegings met haar hande uit. Die naels tref die liggaam van Jaskara en skeure ontstaan in sy klere.

Jaskara kap met die laserwapen, maar koningin Yeva sweef weer na bo en is so voor Jaskara. Weer ontstaan 'n skril geluid en

Lawakoningin Yeva voer 'n duikbeweging uit, maar die keer het Jaskara alreeds met die laserwapen gekap. Sodra die pers laserlig deur die naels kap, verskiet stukke naels in rigtings heen.

Torian herstel van sy verbasing. Alles het so vinnig gebeur. Hy kyk na die baba in sy hande. Die baba het 'n sagte uitdrukking oor die gesiggie. Wanneer Torian weer na die geveg kyk, sien hy hoe Lawakoningin Yeva reg voor Jaskara staan.

Nog meer vreesaanjaende gebeure moet Torian nou aanskou. Die vleeslike liggaam van Sadriza is weg en 'n benerige liggaam met 'n kopbeen is nou al wat gesien kan word.

Jaskara veg verwoed, maar Lawakoningin skop na Jaskara en 'n benerig voet tref Jaskara tussen die bene.

Jaskara buig vooroor.

Lawakoningin Yeva hou haar benerige hand met een vinger met 'n lang geel nael gereed om agter die nek van Jaskara in te steek.

Quies se hand verdwyn vinnig in sy langhaar pels en gryp om 'n hef. Hy trek 'n swaard iewers uit 'n skede.

Maar 'n liggaam duik reg voor Quies verby en die liggaam duik die benerige liggaam van Lawakoningin Yeva teen die vloer vas.

"Torian! Nee!" gil Jaskara.

Wanneer Quies tot verhaal kom, steek 'n lang geel bebloede nael deur die rug van Torian. Kreungeluide kom vanuit Torian se mond.

Lawakoningin Yeva, pluk die nael uit die liggaam van Torian en sy skop die liggaam van Torian met haar benerige voet. Die dooie liggaam van Torian val slap op die rug neer.

"Dit is vir my seun, Kanor," praat die kopbeen in 'n grommende stem. Die oogkasse van die kopbeen het 'n pers gloed.

Jaskara het intussen herstel en kyk hoe Quies hom gereed maak om aan te val.

"Quies nee! Dit is dubbel, Tallottara en Yeva in een! Wapens gaan nie hier help nie!"

Waar Torian die baba neergelê het, kyk die baba met sy helder ligblou oë na die figure.

Jaskara loop voor die benerige liggaam van Lawakoningin Yeva in.

'n Benerige arm is voor die liggaam van

Lawakoningin Yeva uitgestrek. Die benerige hand met die vingers verspreid is op Jaskara gerig.

Meteens straal vyf helderpers strale by die benerige vingerpunte uit en tref vir Jaskara reg teen die bors. Met die fors van die strale word Jaskara na agter geslinger en skuif oor die vloer heen.

Die liggaam van Jaskara lê doodstil, maar die gees van Jaskara sweef die liggaam uit en sweef laag oor die vloer met sy geestesvingers verspreid.

Wanneer helderblou strale uit sy vingers straal, tref die strale die benerige liggaam van Lawakoningin Yeva.

Lawakoningin Yeva hou weer haar geel benerige arm voor haar gerig, met die vingers verspreid.

Helderpers strale straal by die vingerpunte uit, sodat Quies sy harige voorarm voor sy oë moet hou. Die strale is sterker as die voriges wat vir Jaskara getref het. Hy word omvou deur die helderpers strale en sy deursigtige geestesliggaam maak rukbewegings met gille wat volg.

Quies voel magteloos, want hy het nie die vermoë om sy gees sy liggaam te laat uitvaar nie.

'n Grommende stem is van die benerige geraamte.

"Ek gaan jou verswak en vernietig! 'n Voorbeeld gee hoe ek julle Magkrygers gaan uitwis!"

Quies sien hoe die geestesbeeld van Jaskara al hoe dowwer word. Hy weet dat die gees van Jaskara verswak.

Die hitte van die strale is ondraaglik, sodat die sweet uit die liggaam van Quies sy lang grys hare in slierte laat hang.

Meteens straal daar strale uit die bo-kant van die dak, sodat Quies moet opkyk.

Sy mond val oop van verbasing.

Die baba sweef byna teen die plafon en die kleine hande is op die benerige geraamte gerig.

Tien helderblou strale straal uit die vingerpunte en omvou die kopbeen van Lawakoningin Yeva. Vreesaanjaende gille is van die kopbeen, meteens sak die benerige geraamte ineen en die geel bene versprei oor die vloer heen. Die kopbeen rol 'n rigting in.

Die sterk strale uit die baba se vingers staak.

Meteens sweef 'n deursigtige gees met 'n helderpers gloed vanuit die oë tussen die baba en Quies, dit die Tallottara-gees.

"Ek sal terugkeer, ek sal oorwin!"

Die Tallottara-gees sweef deur 'n wand en verdwyn. En net so verdwyn die skelet van Lawakoningin Yeva ook.

Die geestesbeeld van Jaskara word duideliker.

Wanneer die geestesbeeld duidelik is soos die van vlees, maar deursigtig, is die geestes gesig op die swewende baba gerig.

Die Barakka gesig van Quies is ook op die baba gerig.

Die baba kommunikeer telepaties. "Julle kan my vernietig sou julle so besluit, so nie, spaar my lewe soos my vader, Torian, dit sou wou gehad het."

Die geestesgesig van Jaskara is op Quies gerig.

"Ek moet die skip verlaat en my gees moet terugkeer na planeet Raggamajos, sodat daar weer 'n liggaam van vlees en bloed vir my gees ontwikkel kan word. Hierdie baba het goeie eienskappe van Torian, dus moet ons aan hom 'n kans gun om tot 'n volwasse liggaam te ontwikkel."

Quies kyk na die swewende baba.

"Uit wie jy gebore is, is baie gevaarlik, en sou jy as 'n gevaar voorkom, vernietig ek jou. Jy toon alreeds eienskappe wat bomenslik is, soos sweef en strale en dit as 'n baba-liggaam, so jy kom tog gevaarlik voor. Dus bevestig dit my besluitneming, jy moet vernietig word."

"Quies!" skree Jaskara ongelukkig, maar die eens duidelike gees word al hoe dowwer.

Quies kyk met 'n vermaaklike blik na Jaskara. "Jy moet met jou gees na planeet Raggamajos gaan. Hoe dieper ons die sterre in ster, hoe swakker word jou gees."

Jaskara praat, maar weens dat sy gees al hoe swakker word, klink net 'n suisgeluid op. "Ek ... pleit by jou ... die baba ... regverdige kans ..." Die geestesbeeld verdwyn.

Quies kyk nou met 'n kwaai en uitdagende gluur die baba aan.

Daar is onsekerheid met angs in die blik van die baba. "My naam is, Lotario."

10

Quies se harige hand verdwyn aan sy sy tussen die lang grys hare.

Metaal wat teen metaal skuur word gehoor en 'n langlem-swaard uit 'n skede verskyn in die hand van Quies. Wanneer Quies praat, probeer hy so gerusstellend as moontlik te klink.

"Ek wil jou gees stuur na die magte op planeet Raggamajos, maar dit beteken ek moet jou vleeslike liggaam dood."

Daar is 'n sagte blik in die oë van baba-Lotario terwyl hy telepaties met Quies kommunikeer. Die baba kommunikeer so helder dat dit wil voorkom asof die baba praat.

"Waarom? Die Tallottara-gees en Lawakoningin-Yeva, is oorwin."

"Oorwin, maar nie vernietig nie, hulle het gevlug," bevestig Quies.

Die babakoppie knik. "Juis gevlug. Nie een heers in my nie, maar wel die Mag-Rommozor, my vader Torian, se vader."

Quies knik met sy kop.

"Dit bevestig en regverdig my vrees. Jy is te klein om 'n kryger in mag-vorm in besit te wees, veral die Mag-Rommozor. Jy sal nie die Mag-Rommozor kan tem nie en ek sal jou ook nie kan tem nie. Dus regverdig dit my besluit. Ek stuur jou gees na die magte en daar sal jy persoonlik te doen kry met Mag-Rommozor. Hy sal jou kan tem en sou die magte so besluit, sal daar weer 'n vleeslike liggaam vir jou ontwikkel word."

Baba-Lotario skud sy koppie. Hy lig sy hand en met die kleine vingers verspreid rig hy sy hand op Quies.

"Ek dink die besluit moet by my vader, Torian, se gees en die mag-Rommozor berus. Tot dan sal ek myself beskerm."

Quies gluur na baba-Lotario en meteens kap hy met die swaard waar die baba sweef.

Baba-Lotario duik onderdeur die swaardlem.

51

Meteens verskiet helderpers strale uit die vingerpunte van baba-Lotario. Die strale tref en verdwyn die langhaar liggaam van Quies binne. Met die fors en sterk lading van die strale, word Quies na agter geslinger en kom op sy rug te lande en skuif oor die vloer heen.

Die lang hare liggaam beweeg nie.

Baba-Lotario sweef na die brug.

Die swewende baba kyk na die skerms en hologrambeelde bo projektors. Hy sweef na 'n hologrambeeld van 'n planeet. Hy lees die naam, Palioa.

Die baba skud sy kop en bring sy hand na voor. Met sy sterk breinkrag, word planete met name bo die hologram-projektor gebeeld. Wanneer 'n grys planeet met die naam, Raggamajos, met drie grys mane beeld, vries die baba die beeld en 'n glimlag vorm oor sy lippe. Hy kyk na die outo-loods paneel en met sy sterk telekinetiese krag verander baba-Lotario die sterskip van rigting. In so 'n geval gaan die sterskip uit enige ligspoed.

"Bestemming ... planeet Raggamajos," sê 'n stem van die paneel.

'n Breër glimlaggie is oor die lippe.

'n Geskuif agter baba-Lotario, laat hom blitsvinnig om sweef. Die handjies is voor hom gerig met die vingers verspreid.

Quies wat intussen na die brug gekom het, het sy hande met die rooi palms voor hom.

"Wag Lotario, ek staaf my by jou besluit om na planeet Raggamajos te ster."

Baba-Lotario laat sy hande sak en kommunikeer.

"Na my vader Torian, wat nou in gees is saam met sy vader, mag-Rommozor."

Quies knik.

"Ja ek wil jou om verskoning..." Quies kry nie sy sin voltooi nie.

Helderrooi strale tref die dek van die skip. Die sterskip tiep vorentoe en Quies val boude oor kop tot teenaan 'n paneel vas.

Baba-Lotario vind dit amusant en skater soos net 'n baba kan.

Maar wanneer nog strale die sterskip tref, heers daar 'n benoude uitdrukking oor die babagesiggie.

Quies spring op, hardloop na 'n paneel en druk knoppies oor 'n toetsbord. Hologrambeelde verskyn oor projektors.

Quies se oë rek.

Sterskepe op sterskepe is gespasieer voor die sterskip.

Quies besef die sterskepe blok sekere sterweë na planete vir een of ander politieke redes.

Wanneer 'n baba-stem opklink, gluur Quies die swewende baba.

Baba-Lotario het 'n kwaai blik.

"Moet ek myself weer herhaal?"

Quies wys sy lang harige vinger vir baba-Lotario.

"Jy mag dalk gees-eienskappe hê, maar ek is die kaptein!"

Baba-Lotario kommunikeer telepaties kwaad.

"Ek sê weer aan jou, val aan!"

"Kyk hoeveel sterskepe is dit! Ons vlug!" skreeu Quies met 'n brullende stem.

Quies begin om oor die toetsborde te tik, maar baba-Lotario sweef tot voor hom. Met sy sterk telekinetiese krag, beheer baba-Lotario die sterskip se loods-rekenaar. Die sterskip word vinnig op die sterskepe af geloods.

"Lotario!" gil Quies brullende.

11

Helderrooi strale word alreeds van die sterskepe gestraal.

Baba-Lotario sweef met sy hand voor hom gerig.

Deur sy sterk telekinetiese krag beheer hy die wapen-beheer van die sterskip.

Helder groen strale skiet ritmies vanaf die sterskip en tref die doppe van die sterskepe.

"Lotario, hulle is te veel!" word die brullende stem van Quies gehoor en hy is benoud.

Die sterskip duik en wieg om die helderrooi strale te vermy. Met die duik en wieg, word Quies regoor die brug se vloer geslinger.

"Lotario! Kry ons hier weg ... Ons staan geen kans nie ... Hoor jy my!"

Baba-Lotario luister nie. Die gesiggie is die ene konsentrasie, terwyl die oë starend is.

Wanneer nog helderrooi strale die dop van die sterskip tref, tiep die sterskip weer neus eerste af. Omdat baba-Lotario sweef, het die impak van die helderrooi strale op die sterskip geen effek op baba-Lotario nie, maar dieselfde kan nie gesê word van Quies nie. Die langhaar liggaam val oor panele tot teen wande vas.

"Lotario ... asseblief!"

Ten spyte dat Lotario se gesig die ene konsentrasie is, is daar tog 'n benoude blik in die oë.

"Quies! Hulle keer ons vas!"

Quies beur hom op en loop vallende na 'n paneel. Hy kyk na die hologrambeelde en sien hoe die sterskepe, die sterskip omsingel het.

Helderrooi strale word op die sterskip gestraal.

'n Alarm loei en Quies kyk verskrik na 'n hologrambeeld. Rooi ligte flikker om beskadiging aan die dop aan te wys.

Die baba gil telepaties weer benoud.

"As hulle ons met nog sulke strale gaan skiet gaan die skip ontplof ... haarbol!"

Quies gluur die baba aan.

"Shush jy!"

Quies werk oor die panele en meteens, ster die sterskip regop die sterskepe af. Die sterskip ster tussen twee sterskepe deur.

Quies kyk na die hologrambeelde en sien hoe die sterskepe hul agterna ster.

Baba-Lotario gluur vir Quies aan.

"Resies gaan ons dood tot gevolg hê! Ons sal nooit onder hulle kan uit ster nie!"

Quies ignoreer baba-Lotario.

Helderrooi strale word op die sterskip gestraal en tref so die dop.

"Quies!"

Die ligblou oë van Quies het 'n verwarde blik. Sy lang grys haarbedekte hande se vingers druk paniekerig oor knoppies.

"Quies!"

Op die manier waarop Quies oor die panele werk kan afgelei word hy is verwilderd oor wat nou aan die gebeur is.

"Quies!"

Met 'n weldadige en ergerlike ruk, pluk Quies die paneel uit die konneksies, sodat vonke in alle rigtings skiet. Hy gooi die paneel na waar baba-Lotario sweef. Baba-Lotario duik onderdeur die paneel. Die paneel tref die vloer met 'n geweldige knal.

Meteens besef baba-Lotario wat aangaan.

"Hoekom wil die sterskip nie ligspoed in versnel nie?"

"Dis alles jou skuld, Lotario, joune! Die sterskip se masjinerie is beskadig!" gil Quies brullende.

"My skuld? Jy het my met die paneel gegooi wat alles beheer ... Jy!" telepateer baba-Lotario terug.

Die sterskip ruk erg nadat nog helderrooi strale die skip tref.

"Quies, hulle gaan ons vernietig!"

Quies kry weer 'n gluur in sy oë.

Hy druk op 'n rooi knop teenaan 'n paneel en die sterskip val in die diepte die sterre heen. Die sterskip tol in 'n spiraal formasie.

Van die sterskepe volg die sterskip.

Quies se oë is op 'n klein rooi vierkant wat flikker in 'n sterrekaart.

"Quies, wat maak jy? Die sterrekaart waarsku jou dan dit is 'n suiggat ... Quies!"

"Miskien kan jy aan 'n ander ontsnappings-toevlug dink, maar vir my is die suiggat die ideale toevlug!"

Die sterskip val vreesaanjaend en is omring deur swart met sterre. Die sterre maak strepe oor die brug se vensters.

Meteens is daar 'n harde suiggeluid van iewers tussen die sterre afkomstig.

Gekleurde mistige sterrestof waaruit pienk en pers oorheers wys vreesaanjaend 'n gat uit met 'n sterk suigkrag. Die sterskip vorm deel van die gekleurde sterrestof.

Die sterskepe wat die sterskip tot nou toe gevolg het, ster om en ster weg van die sterskip wat vasgevang is in die suiggat.

Die hele sterskip vibreer.

Die gekleurde mistige sterrestof wat gepaard gaan met harde suig geluide is teenaan die brug se vensters. Die beligting begin om te flikker en gaan af.

Meteens straal pers strale wat van die suiggat afkomstig is tot binne die sterskip.

"Quies!" gil baba-Lotario telepaties benoud.

Quies hou sy arms oop vir Lotario.

"Sweef na my!"

Baba-Lotario sweef na die oop arms, maar pers strale raak aan Lotario. Die baba gil en val slap op sy rug neer.

"Lotario!" gil Quies.

Pers strale straal van agter Quies en verdwyn sy rug binne. Quies buig sy liggaam van pyn, maar nou tref strale hom van voor. Dit lyk asof Quies se liggaam deur die strale verlig word.

Met net 'n kreun, sak Quies ineen en val op sy maag langs baba-Lotario neer ...

EPISODE 2

Prinses Jutta

Arrabel

1

Verloop van tyd tussen die sterre

Dit wil voorkom asof die massiewe sterskip die hele ruimte in beslag wil neem terwyl die sterskip voortsnel.

Oor die wit-grys dop van die sterskip skyn helder wit beligting vanuit vensters wat kajuite is.

In een van die kajuite iewers regoor die dop, kyk 'n jong vrou na haar gesigsbeeld in die spieël.

Haar swart hare tuimel welig en lank tot oor haar skouers heen. Haar groen-grys oë is egter gefokus op die beeld van haar rok in die spieël. Die rooi rok het valle en is oortrek met sieraad.

"Ek bewonder my aan u beeldskoonheid, prinses Jutta," praat 'n blikstem agter prinses Jutta Arrabel.

Prinses Jutta staan so, sodat sy die beeld wat agter haar is, in die spieël kan sien. Die beeld is in 'n vorm van 'n liggaam. Die liggaam is van 'n soort kwiksilweragtige metaal. Die spieëlblank kop het twee rooi gloeiende sensors, met 'n pers gloeiende sensor strook daaronder.

"Het ek u dalk gesteur, Prinses?"

Prinses Jutta draai om na die robot.

"Nee R.I.C, maar aangesien jy nou hier is. Wie het jou na my gestuur?"

R.I.C 'n afkorting vir, Robot Intelligente Cyborg, se pers gloeiende sensor maak golwe wanneer die robot praat.

"Ek is bevrees ek het u gesteur. Jammer niemand het my na u gestuur nie. My databank het na u gevra, want u was al 'n geruime tyd laas op die brug."

Prinses Jutta gooi haar kop na agter sodat haar los krulle na haar rug versprei.

"Laat weet jou databank ek gaan nog 'n hele ruk in my kajuit wees."

R.I.C sien die beslistheid in die oë van prinses Jutta.

Die robot voer 'n beweging uit draai om en stap van prinses Jutta af weg.

Prinses Jutta draai weer na die spieël.

Voor die aankomende massiewe sterskip verskyn 'n silwer spikkel. Hoe nader die spikkel aan die massiewe sterskip sweef, word die spikkel groter en neem die vorm aan van 'n medium grootte sterskip. Geen lig gloei uit die vensters van die sterskip nie. En oor die dop is swart verbrande merke. Die sterskip word nie beheer nie en sweef in die boeg-area van die massiewe sterskip vas. Met die, word die medium grootte sterskip weggeslinger van die massiewe sterskip.

In die massiewe sterskip stap prinses Jutta Arrabel doelgerig die brug binne.

Agter haar volg die kwiksilweragtige metaal liggaam van R.I.C.

'n Stem word van iewers gegil: "Prinses op die brug!"

Die brug word beman deur verskillende afkomstige mens-spesies.

'n Kaalkopman geklee in 'n donkerblou uniform loop na prinses Jutta. Die man se kaalkop blink in die brug se helder beligting.

Die man buig vlugtig voor prinses Jutta.

"Prinses ..."

"Wat is die situasie, kaptein Borga?"

Die bruin oë van kaptein Egor Borga rus op die van prinses Jutta. Dan wys hy met sy hand na 'n hologram-projektor waaroor 'n hologrambeeld hang van die sterskip waarmee die massiewe sterskip gebots het.

"Ons het gebots met 'n sterskip uit die niet. Dit wil tog vir my voorkom asof die sterskip kon aangeval gewees het."

Prinses Jutta het 'n vraende blik terwyl sy die sterskip bestudeer.

"So voorkom? Kyk hoe lyk die skip. Dit is duidelik dat die sterskip iewers aangeval is. Enige lewe op die skip, Kaptein?"

Kaptein Borga is ongemaklik.

"Prinses, ek sou aandring dat ons verder moet vaar. Daar is geen noodsein van daardie skip nie. Dit kan ook as 'n lokaas dien. Ons kan aangeval word deur ruimterowers."

"X straal die skip, kaptein Borga, dan sal ek verdere opdragte gee."

Kaptein Borga het 'n gluur in sy bruin oë.

"Prinses, ék is die kaptein van sterskip Jarah. Ek sal besluite neem volgens my diskresies. Én my besluit is om verder te vaar en om te vergeet van daardie sterskip."

Sonder om haar oë van die skerm te haal praat prinses Jutta.

"Jou diskresies? Nou goed dan ... R.I.C!"

Die geskuifel word gehoor soos R.I.C na prinses Jutta stap.

"X straal die sterskip met 'n hologrambeeld voor my!" beveel prinses Jutta.

Dit is asof 'n rooi-pers gelaat oor die gesig van kaptein Borga vorm uit woede.

"Prinses, u minag my rang! U stel ook sterskip Jarah aan gevaar bloot!"

"Ek volg my eie diskresies, kaptein Borga. R.I.C ... ek wag."

Met 'n huiwering beweeg R.I.C nader en vanuit sy rooi-gloeiende sensors versprei daar 'n breë ligblou lig en in die ligblou lig, beeld beelde op. In die beelde is die kajuite almal leeg, behalwe vir beddens, maar twee skelette lê op die vloer van 'n kajuit.

Wanneer die brug gebeeld word snak prinses Jutta na haar asem.

'n Grys langhaar gedaante lê langs 'n jong seunsliggaam wat naak is.

R.I.C se stem word gehoor.

"Volgens die hologrambeeld-golwe lewe albei die wesens."

2

Prinses Jutta Arrabel loop ergerlik terwyl kaptein Egor Borga langs haar loop, en aan kaptein Borga se stem is daar ontsteltenis te bespeur. Meteens gaan kaptein Borga stilstaan. "Jy luister nie wat ek aan jou verduidelik nie, èn ek verbied ten sterkte dít wat jy wil doen, Prinses!" Die groen-grys oë van prinses Jutta blits gevaarlik.

"Jy sal doen soos ek aangestel is, deur planeet Juwan ... as 'n prinses!"

"Ek herhaal myself weer. Ek sal nie toelaat dat u bevele sterskip Jarah in gevaar dompel nie! Net soos met u, het planeet Juwan my 'n daad opgelê, en my daad is as kaptein van hierdie skip asook die beskermingsheer van u. So ek verbied dit dat u daardie langhaar, wat dit ook al mag wees, en jong seun aan boord van sterskip Jarah wil bring! Verstaan u my?"

Daar is verslaenheid in die oë van prinses Jutta.

"Dit is 'n kind ... 'n seuntjie! Ons kan nie die skip aan haar lot oorlaat nie! Verstaan jy my?"

"Antwoord my net die vraag: Daardie skip was tot nou toe aan haar eie lot oorgelaat. Wat laat jou dink dat daardie skip nie verder op haar eie lot aangewese kan wees nie?"

"Omdat daar wel 'n kind aan sy eie lot oorgelaat is."

'n Vermakerige glimlag speel oor die lippe van kaptein Borga.

"Nou goed, ek beëindig dit."

Prinses Jutta slaak 'n sug van verligting gevolg deur 'n glimlag.

Kaptein Borga knik oortuigend sy kop.

"Ek gaan opdrag gee dat die skip vernietig moet word so sal die kind sy lotsbestemming vind."

Prinses Jutta het 'n uitdagende blik.

"Jy doen dit en ek sal sorg dat planeet Juwan daarvan te hore kom dat jy 'n kind na sy dood gestuur het. 'n Weerlose kind. Miskien sal ek dit so aanvaar, maar ek kan nie dieselfde sê van planeet Juwan nie."

Prinses Jutta stap alleen verder in die gang af.

Kaptein Egor Borga kyk haar agterna en sug. Prinses Jutta Arrabel het 'n hartseer uitdrukking oor haar gesig terwyl sy by haar kajuit se venster uitkyk na die swart met sterre.

Sy hoor hoe haar kajuitdeur oopskuif en 'n geskuifel klink agter haar op. Sy sien in die venster se weerkaatsing 'n silwer figuur in die deur staan.

"U majesteit, kaptein Borga het my gestuur," praat die stem van R.I.C en gaan voort om te sê, "die vreemde skip is vernietig, maar die kaptein wil u in die mediese-eenheid spreek."

Wanneer prinses Jutta omdraai na R.I.C, is daar 'n traandruppel in die hoek van haar oog.

Sy loop verby R.I.C die kajuit uit.
R.I.C draai om en volg haar.
Die kajuitdeur skuif toe.

In die mediese-eenheid is dit bedrywig in die gange. Prinses Jutta het haar kop effens laat sak en knik net wanneer iemand haar groet. Maar wanneer sy kinders teëkom, groet sy hulle met 'n breë glimlag. Die kinders gesels opgeruimd met haar en sy is geduldig om aan elkeen aandag te skenk.

Sy dink met hartseer aan die seuntjie wat gesterf het in die sterskip.

Sy stap later 'n eenheid van glas binne en sien hoe kaptein Borga haar inwag.

Prinses Jutta stap tot reg voor kaptein Borga.

"Ek is nie in staat om nou aan siek kinders 'n besoek af te lê nie, Kaptein."

Kaptein Borga knik.

"Ai ... ek verstaan, maar miskien moet jy in staat wees vir hierdie seun."

Kaptein Borga wys na 'n bed.

Prinses Jutta is verslae terwyl sy na die seun in die bed kyk. Dit is die seuntjie van die sterskip wat vernietig is.

"Dis hy! Volgens R.I.C is die sterskip vernietig!"

"Ek het, vir veiligheid."

Prinses Jutta kyk na die ander bed en sien hoe die langhaar figuur daarop lê.

"Wat nou, Kaptein?" prinses Jutta is opgewonde soos 'n kind.

"Vrae vra, maar ek waarsku. Sou enige ongerymdhede voorkom, sal ek genoodsaak wees om hulle te vernietig ter wille van sterskip Jarah se onthalwe."

Kaptein Borga stap die eenheid van glas binne en langs hom is vegters met wapens in hul hande.

Hy sien hoe beide die seun en die langhaar figuur hom aankyk.

"Ek hoop jy verstaan my taal," sê kaptein Borga.

"Spreek jou taal ek sal verstaan," sê die langhaar figuur.

"Nou goed, my naam is, Ergor Borga, kaptein van sterskip Jarah. Wie is jy en wat is die geskiedenis van hierdie seun? Maar ek waarsku, sou ek bedreig voel moet ek optree in die belang van my skip, al moet ek so ver gaan om die doodsbevel te gee."

Die Barakka spesie lig hom op.

"My naam is Quies, Barakka, van planeet Raggamajos. Die seun is Lotario, gebore in my sterskip. Ek, met Lotario nog as baba, was onderweg na planeet Raggamajos toe ons aangeval is deur vyandige sterskepe. Met die geveg het my skip groot skade opgedoen. Ek kon nie meer my lewe of Lotario s'n waarborg op my skip nie. En het dus in geen spesifieke rigting op vlug gester.

"Die vyandige sterskepe het ons agterna gester. Ek het nie 'n keuse gehad as om net voort te ster nie, maar my sterskip se masjinerie het begin oppak. Die enigste uitkoms was 'n suiggat. Ek het die kans geneem en my sterskip deur die suiggat geloods. Die sterskip het vibreer. Pers strale het regdeur die sterskip gestraal wat van die suiggat afkomstig was.

"Van die strale het die baba getref, maar dit was nie strale met 'n sterk lading nie, anders sou die baba dood gewees het. Ek was bekommerd en het gedink aangesien daar geen beweging of gehuil van die baba afkomstig was nie, die baba is dood. Ek wou na die baba gaan, maar strale het my getref en dit is die laaste wat ek kon onthou tot nou.

Soos ek sê, dit was toe die seun, nog as baba was. Ek weet nie hoe lank ons binne die suiggat was nie, maar ek sien Lotario het in 'n kind liggaam ontwikkel."

"Waar is die moeder en die res van die bemanning? Daar was twee skelette in 'n kajuit." vra kaptein Borga.

Quies het 'n besliste kyk in sy ligblou oë.

"Dit is te ingewikkeld om nou te verduidelik."

Kaptein Borga kyk na Lotario.

Die seun het lang gekrulde kastaiingbruin hare en helder ligblou oë.

"So, die kind sal dus nie kan kommunikeer nie."

'n Glimlag vorm oor die lippe van Lotario.

"Ek sal kan, kaptein Ergor Borga," praat Lotario.

'n Skok uitdrukking is oor die gesig van kaptein Borga. Hy draai om en stap die eenheid uit.

3

In die kaptein se kajuit word stemme gehoor.

Kaptein Egor Borga het 'n verwarde blik in die oë terwyl hy na prinses Jutta Arrabel kyk.

"Ek het jou gewaarsku, enige ongerymdhede en ek vernietig hulle. 'n Baba wat tot in 'n kindliggaam ontwikkel het en dan kan kommunikeer, en dit nadat hy bewusteloos was. Nee, ek is jammer. Ek gehoorsaam my gevaar instink. Niemand weet watter gevaar die sterre kan oplewer nie en gevaar kan in enige paranormaal vorm sy verskyning maak, selfs in 'n klein seuntjie. Ek is jammer, prinses Arrabel, ek het genoeg kanse geneem om jou tegemoet te kom ook. Nou is my sesde sintuig in beheer. Hulle word vernietig."

Prinses Jutta Arrabel dink met neergeslane oë. Wanneer sy opkyk na kaptein Borga is daar 'n gluur in haar oë.

"U moet alle bevele wat ek gee, uitvoer. Dit is die opdrag van die koninklike-raad van planeet Juwan. Ster nou terug na planeet Juwan met die seun en die grys-haar gedaante. Ek sal aan die raad 'n verduideliking gee aangaande my besluit om die seun sy lewe te spaar. Ek gaan my uittrede as prinses aan die koninklike raad bevestig en my ontferm oor die seun. Daar sal 'n nuwe prinses gekies word wat jy dan tussen die sterre kan neem om jou oor te ontferm."

Die groot bruin oë van kaptein Egor Borga is gerek op prinses Jutta.

"Jy dink irrasioneel, Prinses. Maar ek sal aan jou versoek of bevel gehoorsaam wees. Dit is baie sterre-weë na sonnestelsel Maximos planeet Juwan, maar ek staaf my by my besluit en my besluit is gegrond op die daad wat ek opgelê is. En dit is, ek is die kaptein van hierdie sterskip asook die beskermheer van u. Dus regverdig dit die bevel wat ek gaan gee. Die seun, sowel die langhaar skepsel, gaan tereggestel word. Dit is my finale besluit."

Prinses Jutta knik met haar kop.

"Ek het so 'n redenasie van jou verwag, Kaptein."

Prinses Jutta bring 'n voorwerp te voorskyn wat in haar handpalm lê. Sy rig die voorwerp tot voor die oë van kaptein Borga. Met haar duim druk sy op 'n knoppie en 'n klein hologrambeeld beeld op. Die hele gesprek tussen kaptein Borga en Quies speel af.

"Gaan voort met jou besluit, kaptein Borga. Ek wil terugster na planeet Juwan. Ek gaan nie van besluit verander nie. Hierdie gesprek tussen jou en Quies sal deel vorm van die redes hoekom ek wil uittree as prinses. Ek hoop die raad sal u besluitnemings regverdig vir dade wat u opgelê is, asook om 'n kind te laat dood!"

Prinses Jutta draai om en stap die kajuit uit.

Kaptein Borga gee 'n diep sug. Hy draai om en loop na 'n paneel. Hy tel 'n item op en bring dit na sy mond.

"Beheer … stuur vegters na die gevinde twee en voer bevel kode vier uit. Kode vier moet toegepas word veral op die seun. Daar moet met deernis en versigtigheid te werk gegaan word. Laat my weet as kode vier afgehandel is. Sorg dan dat R.I.C na prinses Jutta Arrabel se kajuit gaan."

"Bevel kode vier sal uitgevoer word, kaptein Borga," sê 'n stem terug.

Kaptein Borga staan met die item in sy hand en dink.

Dit is 'n teenstrydige bevel van 'n kaptein. Hy hoop hy word vergeef sou dinge skeef loop. Hy wou maar net beskerm.

4

In die kajuit van prinses Jutta Arrabel staan sy weer by die venster. Traanspore oor haar wange gee haar weg dat sy ontsteld is.

'n Geskuifel agter haar laat haar nie omkyk of in die venster kyk na 'n beeld nie.

Wanneer sy praat is haar stem skor.

"Laat my met rus, asseblief R.I.C."

"Maar prinses ..."

R.I.C word in die rede geval: "'n Prinses?!" roep 'n kinderstem.

Prinses Jutta swaai om. Sy weet nie wat om te glo nie.

Langs die kwiksilweragtige metaal liggaam van R.I.C staan 'n kastaiingbruin krulkop seuntjie.

Sy helder ligblou oë is met bewondering gevul.

R.I.C praat.

"Kaptein Borga, het aan my laat beveel om Lotario vir u te bring nadat kode vier uitgevoer is.

Dit is om hom te laat ontsmet en te laat inent. Daarna is vir hom klere by 'n gesin gekry. Sy hare korter laat knip en hom versorg het."

"Waar is die monster?" vra prinses Jutta sonder om te dink.

"MONSTER?!" klink dit soos 'n koor van Lotario en R.I.C.

"Daai harige...iets?"

R.I.C se lyf beweeg. "U bedoel seker die Barakka, Quies. Hy is tans by kaptein Borga om die hele geskiedenis van Lotario te verduidelik."

Lotario glimlag vir prinses Jutta.

"Ek is baie bly ek is ontslae van Quies, ek het as baba nie baie van hom gehou nie."

Lotario loop na 'n bank en gaan op die bank sit. Voor hom is 'n tafel. Sy oë is op die bak met eetgoed daarin. Hy gryp die bak en plaas die bak op sy skoot neer. Hy neem van die eetgoed en prop dit in sy mond.

Prinses Jutta kyk na R.I.C en R.I.C kyk weer na prinses Jutta.

R.I.C beweeg nader aan prinses Jutta.

"Ek dink dissipline is wat kortkom, U Majesteit," sê R.I.C.

Lotario steur hom nie aan die ander twee nie en sy wange staan bol geprop van die eetgoed.

Prinses Jutta kyk na R.I.C en 'n breë glimlag vrolik haar gesig op.

R.I.C skud sy metaal kop.

"Nee prinses, ek is nie vir kinders nie."

Prinses Jutta knik oortuigend haar kop.

"Jy is nou, deur my as 'n kinderoppasser aangestel. Jy sal na Lotario se welsyn omsien en jy laat hom nie onder jou sig uit nie."

Prinses Jutta loop na Lotario.

"Ai!" bevestig R.I.C sy ongelukkigheid.

Kaptein Egor Borga kyk met 'n ongelukkigheid in sy oë te bespeur na Quies.

"Dit alles wat jy aan my vertel het, staaf dit wat my hinder en so uiters bekommerd het … Lotario. Waaruit hy gebore is, een in vlees, Lawakoningin Yeva en een as 'n gees, die Tallottara-gees. Altwee bose geeste."

Quies probeer om so oortuigend as moontlik te klink.

"Ek kan u verseker, Kaptein, Lotario se vader, Torian, is uit die bloed van 'n Magkryger, met die naam van Rommozor. Hy is nou in gees en staan bekend as mag-Rommozor. En juis het Rommozor, uit wie se bloed Torian tot gees en vlees geskep is, vir Lawakoningin Yeva gedood. Maar Lawakoningin Yeva is die bonatuurlike boos en die bonatuurlike kan nie verduidelik word nie, en kan dus nie sterf nie.

"Lawakoningin Yeva, wou wraak neem op Torian, omdat Torian uit die bloed afkomstig is van Rommozor. Ook die Tallottara-gees wou wraak neem op Torian, omdat Rommozor sy seun, Kanor, gedood het. In die geveg wat ek verduidelik het, is Torian gedood, maar Lotario is intussen gebore. Hy het as baba, die Lawakoningin Yeva en die Tallottara-gees verdryf."

"So, Lotario is bonatuurlik. Hy het hulle wel verdryf. Wat as die twee in Lotario heers?"

"Nee, onmoontlik. Daarvoor is die mag van Rommozor te sterk in Lotario. Maar juis deur dit, is Lotario gevaarlik, want hy moet die mag van Rommozor tem. Ek sal wanneer hierdie skip sonnestelsel Maximos, planeet Juwan bereik het, reël vir 'n sterskip na planeet Raggamajos. Daar sal Lotario by die magte permanent ingeneem word en net hulle sal hom kan tem."

"Verduidelik die mag van Rommozor."

"Die magte van planeet Raggamajos gee aan afstammeling van Rommozor die mag-Rommozor, maar ook kan die mag-Rommozor aan 'n Magkryger of individu voorsien word."

"So, wat jy aan my wil sê, Quies, Lotario is ontembaar, 'n gevaar op my sterskip. Wel, ek waarsku aan jou die volgende. Lotario het vir my geen waarde nie. Sou hy as 'n bedreiging voorkom, sal hy tereggestel word. Ek hoop jy lees my waarskuwing en tem Lotario vir die tyd dat daardie seun op my skip is … verstaan?"

Quies knik stilswyend sy kop.

Verloop van tyd tussen die sterre

Terwyl sterskip Jarah op ster is na sonnestelsel Maximos om na planeet Juwan te gaan, het Quies en Lotario deel geword van die massiewe sterskip Jarah.

Die kwiksilweragtige metaal robot, R.I.C, probeer om sy daad, Lotario, wat deur prinses Jutta Arrabel aan hom toevertrou is, uit te voer. Omdat R.I.C sy eie intelligensie het, laat Lotario deur sy optredes R.I.C baie met homself redeneer. Tog is R.I.C op sy manier geheg aan Lotario, maar hy is kwaai met die seun.

Lotario is baie wild.

Almal op sterskip Jarah, weet van Lotario.

Daar word onder die reisigers gepraat oor Lotario, veral dié wat eerstehands met hom te doen gekry het. En Lotario het al in meer as een kajuit 'n konsternasie veroorsaak.

Kaptein Egor Borga, het die reisigers laat weet om hulle kinders weg te hou van Lotario.

Dit bekommer hom dat Lotario uit dubbel euwels gewek is, verwys na Lawakoningin Yeva en die Tallottara-gees, wat hulle voorgedoen het as, Sadriza. Maar dit maak nie van Lotario 'n bose nie of so word daar gehoop.

Lotario is geheg aan prinses Jutta Arrabel vir die ma-figuur wat hy nie ken nie.

Prinses Jutta Arrabel staar na haar beeld in die spieël. Sy kyk na die geel rok met swart insetsels. Wanneer sy haar oë van haar eie beeld weg neem is die beeld R.I.C waarna sy kyk.

Sy kan dit nie verhelp nie en 'n glimlag krul oor haar lippe.

"Wat het Lotario nou weer aangevang, R.I.C?"

Prinses Jutta draai voor die spieël om en R.I.C is voor haar. Haar oë dwaal oor die kwiksilweragtige metaal liggaam.

Wanneer 'n stem van die kop afkomstig is, maak die pers sensor golwe saam met die stem-hoogtes.

"Hy het aan die slaap geraak dus het ek bietjie, maar bitter min, tyd vir myself. Ek het so lanklaas met my databank gekommunikeer dat ek myself weer moet identifiseer."

Die oë van prinses Jutta is opgewonde.

"Ek moet na hom gaan, kyk of hy gemaklik is. Dit is koud tussen die sterre."

'n Silwer hand word na prinses Jutta gehou. "Nee wag prinses, ons moet gesels ... ernstig gesels."

Prinses Jutta skud-ruk haar kop sodat haar swart hare oor haar skouers versprei hang.

"Ek is nie lus vir jou filosofie nie, R.I.C, regtig nie."

"Wel, jammer Prinses, ek gee menings soos wat dit aan my geprogrammeer is om te doen. Wat my kwel, u het u prinses-amp laat vaar ter wille van Lotario. Wat gaan daarna gebeur? Lotario gaan nie altyd in u sig wees nie. Planeet Raggamajos is ver van planeet Juwan."

"Wat probeer jy my wys maak, R.I.C?"

"U, Prinses, u. Dit bekommer my, u is te geheg aan Lotario. Te veel. U moet onthou, Lotario het 'n duister lot. Alles van hom is duister. Die gedaante waaruit hy gewek is, staaf my bekommernis. Lotario is gevaarlik, uiters gevaarlik. Ek stel voor, u laat hom gaan op planeet Juwan om na sy planeet, Raggamajos te gaan. En sterskip Jarah ster weer die diepte sterre binne met u as prinses. Vergeet dan dat u ooit die naam Lotario gehoor het."

Prinses Jutta het 'n verslae uitdrukking.

"Nét so? Ek het vir sy voortbestaan gepleit by kaptein Borga. Nou moet ek alle bande met hom verbreek. Ek het nuus vir jou, nooit! Ek ster saam met hom na planeet Raggamajos. Lotario voel asof hy my eie seuntjie kon wees."

"Maar hy is dit nie, Prinses! En u moet eerder glad nie na planeet Raggamajos ster nie, nie waaruit planeet Raggamajos bestaan nie, en dit is gevaar wat Lotario is."

"Hy is dit nie, R.I.C! Quies gee voor wat Lotario nie is nie. Hy is nié gevaarlik nie!"

"Dit is die waarheid soos u daar sê, Prinses! Quies gee voor wat Lotario nie is nie, hy is nie gevaarlik nie, maar dodelik. Prinses, ek het my filosofie aan u gegee, nou my waarskuwing. Gaan aan met Lotario soos u aangaan. Lotario gaan u in stukke breek. Hy sal nie kan verstaan hoekom u geestelik ingegee het nie. En die uiteinde is, hy sal u en u naam vergeet, so asof u nooit vir hom bestaan het nie, nooit. Einde aan my filosofie en ek hoop nie die einde gaan ook vir u byreken nie."

R.I.C draai om en skuifdeure word gehoor soos R.I.C die kajuit uitstap.

Prinses Jutta loop na 'n rusbank en sak weg in die kussings. Sy gaan skuins lê met haar kop op 'n kussing. In haar groen-grys oë dam trane op. Sy dink aan Lotario. In haar gedagtes sien sy die seun in verskillende beelde. Maar R.I.C se woorde skeur die beelde. Sy het altyd op R.I.C se wysbegeerte vertrou en dit het altyd waar gekom. Skip Jarah was meer as eenkeer van groot gevaar weerhou … danksy R.I.C.

Prinses Jutta sluit haar oë terwyl trane daaruit loop …

5

"Prinses …" die stem dring tot in die slaap deur van prinses Jutta Arrabel.

Sy sper haar oë verskrik oop. Sy kyk na die weerkaatsing van haar beeld in die kwiksilweragtige metaal liggaam van R.I.C. Sy sit verward regop. "R.I.C, wat is dit? Lotario?"

R.I.C skud sy kop. "Nee, Prinses, die keer is dit nie Lotario nie. U moet my vergesel na die brug."

Sonder om te huiwer staan prinses Jutta Arrabel uit die bank op. Sy loop agter R.I.C aan.

Op die brug loop kaptein Egor Borga vir prinses Jutta Arrabel en R.I.C tegemoet.

Iewers vanaf die brug word daar uitgeroep: "Prinses op die brug!"

"Wat is die situasie, Kaptein?" vra prinses Jutta.

Sy laat haar oë vlugtig oor die skerms en hologrambeelde gaan. Sy kyk by die brug se vensters uit, maar gewaar geen gevaar nie.

Prinses Jutta het 'n kwaai blik wanneer sy weer na kaptein Egor Borga kyk.

"Kaptein, as jy vir R.I.C na my kajuit gestuur het om ook jou filosofie te openbaar aangaande Lotario, ek stel nie belang nie. Ek het aan jou my opdrag gegee; ons ster na sonnestelsel Maximos na my planeet Juwan."

Prinses Jutta kyk uitdagend na R.I.C.

"Én, ek gaan saam met Lotario en Quies na planeet Raggamajos."

Kaptein Egor tree met 'n dreigende houding nader aan prinses Jutta.

"Ek gee nie om wat u doen wanneer u op planeet Juwan is nie, maar tot dan is u, Prinses, op my skip Jarah. Ek bring vir u op die hoogte van skip Jarah se situasie tussen die sterre. Ons lot word bedreig deur …"

"Bedreig deur Lotario! Is dit ons lot se bedreiging?" Prinses Jutta het 'n blos van woede oor haar wange.

"Prinses! U moet nie aan die verkeerde kant van my wees nie. Ek sal besluite neem sonder om u in enige besluit te ken!"

"Nou wat bedreig ons dan, kaptein Borga?"

Prinses Jutta sien hoe kaptein Egor Borga en R.I.C na 'n Hologrambeeld kyk.

Sy kyk ook in die twee se rigting. Haar oë rek. Dit is asof sy in 'n wrede droom vasgevang is.

En waarna sy staar in die hologrambeeld is vreesaanjaend …

Quies stap die brug binne. Dadelik voel die Barakka spanning aan.

Sy ligblou oë rus op kaptein Egor Borga, R.I.C en prinses Jutta Arrabel. Hy sien hoe hul gesigte gedraai is na 'n hologrambeeld. Wanneer Quies na die beeld kyk, val sy mond oop. Nou verstaan hy hoekom almal so gespanne voorkom.

Sterskip Jarah is 'n massiewe sterskip. Maar reg agter haar gloei 'n ligblou lig oor haar dop.

Die lig versprei verder oor die dop. Wanneer die lig oor die brug skyn, kan die bo en onderkant van 'n boeg gesien word.

Die binnekant van die romp het 'n liggroen skynsel. Soos die romp verder oor sterskip Jarah beweeg, kan die grootte van die ander sterskip gesien word. Dit lyk asof die swart met sterre nie genoeg ruimte aan die kolossale sterskip kan verleen nie. Kajuit-vensters is regoor die sterskip verspreid.

6

Dit lyk asof sterskip Jarah na agter sweef, die opening van die romp-area binne van die kolossale sterskip.  Wanneer sterskip Jarah binne die romp-area is, word harde masjinerie gehoor en die opening word kleiner soos die panele voor die opening toevou.

'n Harde knalgeluid volg soos die panele oor die opening dig seël.

Die massiewe sterskip Jarah, sweef-hang binne die reuse romp-area waar geen einde in sig is nie.

Meteens is daar 'n kop bo elke hologram-projektor. Die kop het 'n liggroen gelaat. Bo-op die kop al langs die naat, is swart riffels. Donkergrys oë met vertikale pupille knip afsonderlik. 'n Glimlaggie speel oor die dun lippe van die wese.

"Welkom … welkom … welkom," sê die wese.

Prinses Jutta loop nader aan 'n hologrambeeld voordat kaptein Borga kan reageer.

"Wat is jou idee?"

Die wese kyk met sy kop skuins na prinses Jutta soos hy haar op en af kyk en bewonder.

"Pragtig!" kom 'n opgewonde stem van die wese.

Prinses Jutta loop nog nader aan die hologrambeeld.

"Ek is prinses Jutta Arrabel, as prinses aangestel deur planeet Juwan in sonnestelsel Maximos. Ek dring daarop aan dat jy aan my verduidelik waarom my skip deur jou skip gesluk is!"

Kaptein Ergor Borga is ongemaklik met prinses Jutta se optrede.

Dit gebeur vinnig. Die liggroen kop verdwyn by elke hologrambeeld.

Meteens staan 'n lyf geklee in 'n swart oorhang kleed met die liggroen kop voor prinses Jutta. Daar word hoorbaar na asems gesnak in die brug.

Die lyf voer 'n buig beweging uit.

"Prinses ... aangename verrassings gebeur met my. Ek het al baie sterskepe gekaap, maar kon nooit iets waardevols kry nie, veral nie 'n prinses nie. Die meeste reisigers aan boord van jou skip, is die spesies wat die minste en skaarste voorkom tussen die sterre en kyk, ek het 'n hele skip vol vir myself."

Prinses Jutta gluur met woede die wese.

"Die mens-spesies is skaars en kom voor waar beskaafde planete voorkom, soos planeet Juwan in sonnestelsel Maximos. Ek dring daarop aan dat jy my skip laat vry gaan ..."

Die wese val vir prinses Jutta in die rede. "So maklik gaan ek nie van my buit afsien nie!"

Kaptein Egor Borga besef hy moet die situasie oorneem en stap nader aan die wese.

"Wie ís jy?"

Die wese draai heeltemal om na kaptein Borga.

"O ... ek is so opgewonde oor my buit dat ek vergeet het om myself voor te stel."

Die wese steek 'n hand uit waaraan net drie vingers is, maar kaptein Borga ignoreer die hand.

"My naam is Ozturk, kaptein Rasqun Ozturk en jy? Seker 'n dienskneg."

"Borga ... kaptein Egor Borga." En hy is rooi oor die wange. Rasqun se oë straal woede. 'n Vreesaanjaende gevoel heers. "En jy is binne my skip, Tumoru. Ek het 'n slegte reputasie en dit is – wat my ook al grief, raak ek ontslae van, maar ek kan sien, dat ek van net één grief ontslae moet raak ... Jy!"

"Nee wag ..." praat prinses Jutta vinnig.

Almal se gesigte is op prinses Jutta gerig.

"Ek smeek by jou die volgende, laat my skip gaan en ... en ..." Prinses Jutta voel hoe die woorde binne haar keel vassteek.

Die wese draai sy kop skuins en die donkergrys oë knip afsonderlik.

"En já? Wat wil prinses Jutta Arrabel aan my sê?"

"Ek sal myself as losprys gee vir die vrylating van my skip én haar reisigers."

Die wese lag binnensmonds. Sy hand waaruit drie vingers spruit is om die ken van prinses Jutta. Meteens gaan die wese se mond oop en 'n gesplete rooi tong lek oor die wange van prinses Jutta.

Kaptein Ergon Borga se wange word rooipers woede.

"Genoeg! Ek dring as kaptein daarop aan dat jy ons vry laat gaan, hoor jy my, Ozturk!"

Rasqun Ozturk kyk met 'n skuins kop na kaptein Borga.

"Kaptein Ozturk, asseblief, Borga, en ek hou van die losprys. Ek aanvaar die losprys. Ek gaan nou terug na my skip om voorbereidings te tref vir 'n prinses binnekort op my skip."

Kaptein Rasqun Ozturk verdwyn.

Almal in die brug het 'n verskrikte blik oor die gebeure.

In kaptein Egor Borga se kajuit staan hy by 'n tafel met sy vinger oor sy mond.

Hy hoor voetstappe agter hom, maar kyk nie om nie.

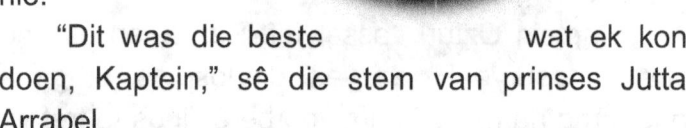

"Dit was die beste wat ek kon doen, Kaptein," sê die stem van prinses Jutta Arrabel.

Kaptein Borga draai om.

"Daar moet ander uitkomste wees. Ek kan jou nie as losprys gebruik nie ... ek kán net nie! Ek sal self met kaptein Ozturk praat en aan hom verduidelik dat ek geen passasier in my skip as losprys gaan gee nie, nie één nie. En dit is jou ook inkluis, prinses Arrabel."

"Jy het nie so reageer toe ek myself vir Lotario as losprys gegee het nie."

Daar is woede in die oë van kaptein Borga.

"Ek het 'n plan gehad met Lotario."

"Ekskuus?"

Kaptein Egor het 'n blos oor die wange.

"Nou goed, ek was van plan om van hom ontslae te raak wanneer die tyd daarvoor reg sou wees. Ek het te lank gewag, en kyk nou waar het hy ons in! Met jou beheptheid met Lotario om terug te ster na planeet Juwan, het my skip haar lotsbestemming bereik."

Daar is 'n woede gluur in die oë van prinses Jutta.

"Hoe durf jy?! Jy is gevaarliker as daardie sogenaamde kaptein Ozturk! Ek is dankbaar ek kon iets beteken het vir die reisigers van my skip Jarah! Ek voel niks vir jou nie, kaptein Borga. Niks! Maar ek sal sorg wanneer sterskip Jarah uit hierdie skip vaar, dat my opdragte uitgevoer sal word om terug te ster na planeet Juwan! En sou jy dit teenstaan om na planeet Juwan te ster, dat Juwan sal sorg dat jy sterskip Jarah tot in die ruimte van planeet Juwan sal bring, al gaan dit gepaard met geweld. En meer, dat Lotario en Quies aan boord van sterskip Jarah sal wees."

Prinses Jutta Arrabel wil loop, maar kaptein Borga hou sy hand na bo.

"Wag, Prinses!"

"Kaptein?"

"Ek wil vra, dat jy jouself as losprys onttrek en toelaat dat ek my daad uitvoer as kaptein en met ander oplossings na vore kom."

"Nee, Kaptein, jy het na Lotario verwys as gewraakte oplossings. En ons, almal van ons, is letterlik in die mag van 'n euwel wat die oorhand het. Ek het 'n uitkoms gesien en dit gebruik, nie tot my voordeel nie, maar tot my geliefde skip en haar reisigers. Verskoon my, ek wil afskeid neem van my skip, die reisigers en Lotario, sodat sterskip Jarah so gou as moontlik tussen die sterre kan wees."

Prinses Jutta stap na die skuifdeure van die kajuit.

Kaptein Egor Borga draai na die kajuit venster en staar na die boeg-binnekant van sterskip Tumoru.

7

"Néé … Néé … Néé … Jy kán nie!" Die gesigsuitdrukking van Lotario is paniekerig. "Jy kan nie, asseblief néé! Quies, praat met prinses Jutta!"

Quies het 'n verslae uitdrukking in sy oë.

"Lotario, ek kan niks aan die saak doen nie, maar prinses Jutta kan. Seun, daar moet van alle uitkomste gebruik gemaak word. Én prinses Jutta het van 'n uitkoms gebruik gemaak."

"Presies! Laat jy gaan!"

Prinses Jutta gaan op haar hurke sit en neem Lotario aan die skouers.

"Lotario, ek is jammer, Seun, maar ek doen dit ook vir jou. Ek wil hê jy moet saam met Quies planeet Juwan bereik en daar vanaf ster na jou planeet Raggamajos."

"Ek wil by jou wees! Laat ek saam met jou gaan. Ek belowe ek sal soet wees."

"Lotario," praat Quies.

Maar Lotario gil hom in die rede: "Hou jou bek!"

"Lotario!" praat prinses Jutta skerp, "jy sal my gehoorsaam! Ek gaan nou dadelik oorboord van sterskip Jarah, om aan boord te gaan van sterskip Tumoru. Ek is baie, baie lief vir jou, Lotario, en dus regverdig dit my optrede soos ek besluit het.

Prinses Jutta gryp Lotario om die lyf en druk hom ferm teen haar vas.

Lotario se oë is verwilderd.

Prinses Jutta kyk in die oë van Quies en knik met haar kop.

Quies tree vorentoe en vat ferm aan die skouers van Lotario en trek hom weg van prinses Jutta.

Lotario begin om histeries te gil en wil gryp na prinses Jutta, wat alreeds opgestaan het.

Sy draai om en stap na die kajuitdeure. Wanneer prinses Jutta in die gang gaan staan, gaan die skuifdeure agter haar toe en so word die gille van Lotario gedemp.

Nat traanspore is oor die wange van prinses Jutta Arrabel.

Binne die kajuit het Lotario bedaar en kyk met sy traan oë na Quies.

"Bring vir my iets lekkers, Quies. Jy weet wat ek en prinses Jutta altyd saam geëet het."

Quies knik.

"Ons wag net vir R.I.C."

"Nee, nóú!"

"Nou goed dan. Ek is nou terug."

Quies loop die kajuit uit, en wanneer die deure weer toeskuif, kyk Lotario na die skuifdeure …

Onder die boeg van die swewende sterskip Jarah, vorm trappe en die laaste trap raak aan die vloer.

Prinses Jutta Arrabel staan bo-op die boonste trap. Haar hart klop benoud.

Sy onthou nog toe sy met 'n lugtuig na sterskip Jarah tussen die sterre geneem is waar sterskip Jarah geanker gewag het om haar tussen die sterre te neem. Nou klim sy met trappe af binne 'n vreemde skip. Terwyl prinses Jutta met die trappe afklim kyk sy om haar. Dit is vreesaanjaend.

Sy het altyd gedink sterskip Jarah is massief groot, en sy is. Maar nou is sterskip Jarah in die romp van nog 'n groter sterskip ...

Terwyl die laaste trap nader kom sien prinses Jutta 'n wese geklee in 'n swart oorhang kleed haar inwag. Sy herken die liggroen gelaat met riffels regoor die naat van die kop ... Kaptein Ozturk.

Aan weerskante van kaptein Ozturk staan vreemde wese-spesies met wapens wat bo-op hul voorarms rus.

Sodra prinses Jutta die laaste trap afstap kyk sy vinnig om en na bo die trappe. Heel bo die trappe is 'n figuur.

Sy wil weer kyk, maar 'n keelgeluid van kaptein Ozturk het haar oë voor haar. Hy gluur haar met sy grys oë met die vertikale pupille. Die oë knip afsonderlik.

"Jy kan teruggaan op jou onderhandeling as losprys soos ek gesê het, ek sal graag die hele skip vol mens-spesies wil hê," sê kaptein Ozturk.

Prinses Jutta kyk ergerlik na kaptein Ozturk.

"Jy beter nie teruggaan op ons onderhandeling nie."

Kaptein Ozturk tree weg van prinses Jutta en knik met sy kop.

Die twee wesens kom aan weerskante van haar staan.

Kaptein Ozturk begin om te loop met die twee wesens met prinses Jutta tussen hulle wat hom volg.

Op die brug van sterskip Jarah, kyk kaptein Egor Borga op die hologrambeelde hoe die opening al hoe groter word soos die panele voor sterskip Jarah wegskuif. Sterre word eerste gesien en 'n opgewonde gevoel borrel in kaptein Borga op. Maar tog is hy onrustig. Baie onrustig.

Sodra die die panele voor sterskip Jarah weggeskuif het en die opening groot genoeg is vir sterskip Jarah om uit die romp te vaar, knik kaptein Borga vir een van die bemanning agter 'n paneel.

Die man werk oor die paneel se toetsborde en sterskip Jarah vaar na die opening en so die romparea uit van die massiewe sterskip Tumoru.

Sterskip Jarah vaar verder weg van die kolossale sterskip Tumoru.

Dit wil lyk asof die sterre voor sterskip Jarah begin, maar agter haar lyk dit of die sterre opgehou het weens die grootte van sterskip Tumoru.

8

Sterskip Jarah

In een van die gange kom Quies afgeloop. Bo-op sy rooi handpalms is 'n skinkbord met eetgoed daarop. Hy gaan voor 'n skuifdeur van 'n kajuit staan en die deur skuif oop. Die Barakka Quies stap die kajuit binne.

Sy ligblou oë soek die kajuit deur. Hy loop dieper die kajuit binne.

"Lotario!" roep Quies.

Geen antwoord.

"R.I.C!"

Geen antwoord.

Quies loop na 'n slaap-eenheid, die van Lotario. Beelde trek sy aandag en hy kyk na hologrambeelde bo 'n hologramprojektor. Die beelde wat opgeneem is met Lotario en prinses Jutta Arrabel.

Hy sien hoe die gesig van Lotario straal van blydskap terwyl prinses Jutta hom omhels.

Quies se oë word op skrefies getrek en hy laat sy meer as 30 ingebore geestesgawes van instinkte hom lei.

Die skinkbord met soetgoed daarop val uit die hande van Quies. Die instink wat Quies so laat reageer het, het aan hom bevestig. Lotario is nie aan boord van sterskip Jarah nie.

Quies loop na 'n stoorplek en pluk die deurtjie oop. Meer instinkte verskaf antwoorde. Lotario het die laserwapen geneem.

Sterskip Tumoru

Die gryskleurige oorhoofse tonnels waardeur suurstof aan die sterskip verskaf word, is verspreid oor die hele skip heen. In 'n gedeelte van 'n tonnel lê Lotario op sy maag.

Hy loer deur hortjies van 'n lugvloei rooster. Die beeld waarna Lotario staar is van 'n vrou wat op 'n rusbank sit, prinses Jutta Arrabel.

Die klein hand van Lotario word bo-op die rooster gesit met die vingers wat deur die hortjies steek. Hy wil 'n geluid maak om prinses Jutta se aandag op hom gevestig te kry, maar 'n kwiksilweragtige metaalhand slaan hom op die skouer. Hy skrik met 'n gil, maar nog 'n silwer metaalhand vou om sy mond.

Lotario word terug geskuif en so weg van die rooster.

Prinses Jutta het 'n kind se stem gehoor en geskuif van die oorhoofse tonnel.

Haar oë is gerig na die tonnel reg bo die rooster. Sy staan op en gaan reg onder die rooster staan.

Sy beur haar nader aan die rooster om beter te sien, maar meteens skuif die kajuitdeur oop en 'n gedaante in swart kleed geklee, stap die kajuit binne.

Prinses Jutta kyk na die riffels regoor die naat van die kop van kaptein Rasqun Ozturk en die grys kleurige oë wat na die kante knip.

"Dankie dat jy my skip laat vry gaan het," sê prinses Jutta.

'n Klein glimlaggie vorm oor die dun lippe van kaptein Ozturk se mond, maar die glimlag verdwyn vinnig.

"Regtig?" daar is sarkasme stem te bespeur.

Prinses Jutta voel ongemaklik.

"Ja, hoekom?"

Die wese se kop val agteroor met 'n skril lag wat volg.

Kaptein Ozturk hou op met lag en kyk uit die hoogte na prinses Jutta.

"My prys het verhoog – ek wil meer hê," sê kaptein Ozturk uitdagend.

Prinses Jutta byt op haar tande om die woede in toom te hou.

"Jy het genoeg!" Prinses Jutta is nie meer so seker van haar saak nie.

"Jy is naïef," sê kaptein Ozturk.

Prinses Jutta het 'n verwarde blik.

"Ek het myself as losprys betaal vir my skip."

"En jy was te min."

Kaptein Ozturk kyk na die wand en maak 'n beweging met sy hand. 'n Deel van die wand skuif oop en sterre word deur die venster gesien.

Prinses Jutta snak na haar asem wat sy tussen die sterre aanskou. Sterskip Tumoru is besig om al hoe nader aan die sterskip Jarah te vaar. Sy sien hoe 'n gedeelte van die massiewe groot skip oopvou en 'n opening wat groter is as sterskip Jarah-self word sigbaar.

Kaptein Ozturk maak weer 'n beweging met sy hand en die deel van die wand skuif oor die venster toe.

'n Vermakerige glimlag is oor die lippe van kaptein Ozturk.

"Ek het gesê, jy is te min."

Prinses Jutta Arrabel kyk verslae en met ongeloof na kaptein Ozturk.

In die oorhoofse tonnel sit twee figure langs mekaar.

Die een figuur, die van 'n seun, kyk na die figuur langs hom se kwiksilweragtige metaalkop.

"Hoe het jy my hier gekry?" vra Lotario ongelukkig.

"Ek mag jou nie onder my sig laat wegraak nie," sê R.I.C.

"Ek het seker gemaak ek kon jou nie sien toe ek die kajuit uit is nie. So ek was onder jou sig uit."

"Ek is in beheer van sterskip Jarah se sekuriteitskameras en kan dus alles waarneem wat aan die gebeur is. So jy was onder my sig gewees. En nog, ek kan 'n hele skip X-straal en het jou hier gekry. Wat soek jy hier?"

"Ek gaan vir prinses Jutta red!" sê Lotario.

"Jy, seuntjie, moet gered word! Ons skip is weer gesluk deur die groot skip en vir jou ore, seuntjie, ons almal moet gered word," sê R.I.C.

Lotario se oë rek opgewonde.

"Hoe gaan ons dit doen?"

'n Metaal hand met 'n silwer vinger is byna op die punt van Lotario se neus.

"Nie ons nie, nie jy nie ... Ek, en ék alleen."

"Hoe? Hoe wil jy alleen? Jy mag my nie uit jou sig laat nie."

R.I.C se rooi-gloeiende sensors is reg op die oë van Lotario gerig.

"Vertel my daarvan. Nou, jy is saam met my. Waar ek gaan, gaan jy én jy beter nie onder my sig wegraak nie."

Sterskip Jarah

Quies stap die brug binne.

Kaptein Egor Borga loop hom tegemoet.

"Ek bevestig aan jou, kaptein Borga, nie Lotario óf R.I.C, is aan boord van skip Jarah nie," sê Quies.

Kaptein Borga skud sy kop.

"Ek kan my nie bekommer oor net twee van die vyftienduisend passasiers nie. Soos jy bewus is, is ons weer gesluk. Dié keer is daar geen prinses om as losprys te deug nie."

Quies gluur kaptein Egor aan.

"Wat van my?"

Kaptein Borga stik in sy lag.

"Jy? 'n Langhaar Barakka gaan as losprys deug? Jy is te veel om mens-spesies en het net te lanklaas vir jouself in die spieël gekyk."

Quies buig vooroor sodat sy gesig teenaan kaptein Borga s'n is.

"En jy lyk soos 'n nagmerrie wat net wag om te gebeur en ons is binne 'n nagmerrie. Terwyl jy jou ontferm oor vyftienduisend passasiers, sal ek my ontferm oor twee."

Kaptein Borga het 'n woedende blik.

"Jy wil jou ontferm oor 'n robot en 'n kind wat my in hierdie situasie het? Ek wil ieder geval van Lotario ontslae wees."

"Ek hét die getal twee genoem. Ek het niks genoem van 'n robot nie."

"Nou wie is jou twee dan?"

"Lotario en prinses Jutta Arrabel."

Kaptein Borga skud sy kop.

"Ek herhaal myself weer. Ek kan nie my ontferm net oor twee van vyftienduisend passasiers nie en dit is jou inkluis."

Quies knik met sy kop.

"Nou goed. Terwyl jy potensiale losprys kandidate soek, gaan ek my seun en prinses Jutta bevry van daardie skip."

Kaptein Borga skud sy kop uit verwarring.

"Jou seun?"

Quies kyk uitdagend na kaptein Borga.

"Lotario het die manier om deur sy gees, 'n verbintenis te smee met enige gees, met u s'n ook. Dus waarsku ek jou, Kaptein. Sou jy my reddings poging laat misluk sal ek 'n groter bedreiging wees as sterskip Tumoru."

Quies loop die brug uit.

Sterskip Tumoru

Prinses Jutta Arrabel gluur kaptein Ozturk aan. In haar gluur is haat te bespeur.

"Ek dring daarop aan dat jy my skip laat vry gaan!"

Die wese het 'n opmerkbare sarkastiese blik.

"Maar die losprys vir jou lewe is jou skip. Ek sal aan jou die sterskip Jarah gee, soos jy tereg sê – jou skip – maar die passasiers, veral die verskillende mens-spesies behou ek op my sterskip Tumoru."

"Ek sterf eerder voor ek my skip én haar passasiers in die hande van 'n ruimte-rower sien."

"Nou goed, dan sterf jy. Ek sal aan jou wens voldoen. Jy sterf alleen in jou skip, maar die passasiers sal 'n lot tot hul beskikking hê op my skip."

'n Geskuifel klink van die oorhoofse tonnel op, sodat die kaptein Ozturk en prinses Jutta opkyk.

Die rooster breek uit die spasie van die tonnel uit met 'n liggaam wat volg. Die liggaam val met die sy op die vloer neer. Klein Lotario spring op. Hy gryp na sy stewel en 'n laserwapen kom te voorskyn. Lotario rig en straal.

Die laserstraal gaan rakelings verby kaptein Ozturk.

"Jy dood niemand!" gil Lotario.

Sodra nog 'n straal uit die wapen straal, klap kaptein Ozturk teen die hand van Lotario en so die wapen uit sy hand. Die wapen val op die vloer neer.

Lotario se oë is verskrik gerek.

Kaptein Ozturk kyk met 'n kwaai gluur na prinses Jutta.

"Nog verrassings?"

9

R.I.C skuif weer terug in die oorhoofse tonnel. Hy kon niks doen toe Lotario blitsvinnig vorentoe geduik het en so deur die rooster is nie.

Dit sal van hierdie Robot Intelligente Cyborg vereis om nou geen fout te begaan nie.

Iewers binne sterskip Jarah

In die riool-afvoerkanaal loop Quies enkeldiep in rou riool. Die lang grys hare om sy enkels en voete is deurnat met rou riool wat daaraan kleef. Dit voel vir Quies asof die walms wat van die riool afkomstig is, hom oorweldig.

"Lotario ... jou boude gaan ek rooi strale gee met 'n laserstok ... Aahhgg." Quies braak na die soveelste keer.

Hy loop tot by 'n naat van 'n plaat. Klinknaels is sigbaar aan weerskante van die naat aan die plaat.

Quies maak sy vuis en slaan met oordrywende krag bo-op die plaat. 'n Harde knarsgeluid klink op gevolg deur 'n hol blik klank. 'n Vierkantige opening is waar die plaat eens was.

Bukkend klouter hy deur die opening. Voor hom is staaldeure met 'n kennisgewing in vreemde skrif.

Quies ken die skrif: *Alleenlik vir nood-opening.*

Hy druk op 'n rooi knop links van die kennisgewing en swaar staaldeure skuif na buite oop.

'n Alarm loei en Quies se oë is verskrik op soek om hom. Hy sien die alarm en slaan met sy vuis bo-op die rooi omhulsel. Stilte klink weer op.

Hy staan in die opening. Hy sien hoe die skip van prinses Jutta Arrabel, sterskip Jarah, binne die romp-area sweef van sterskip Tumoru. Sterskip Jarah 8 sweef-hang meter bo die vloer. Quies span sy kragte en spring die opening uit. Sy growwe rooi voetsole maak knarsgeluide wanneer hy bo-op die vloer te lande kom. Quies kyk in 'n rigting en hardloop in die rigting ...

Iewers in sterskip Tumoru

In 'n kajuit sit 'n seun op 'n rusbank. Nie ver van hom nie staan prinses Jutta Arrabel.

"Waarom het jy dit gedoen, Lotario?"

Lotario kyk glurend na prinses Jutta.

"Ek het gekom om jou te red."

"Ek sou verkies het dat jy op my skip moet wees. Lotario, besef jy wat jy gedoen het?"

"Já ... ek het jou kom red. Ek het alles gehoor wat daardie groen-slym wese gesê het. Ek gaan nie toelaat dat hy jou dood nie!"

Prinses Jutta loop na die krulkop Lotario en sit albei haar hande bo-op sy skouers.

"Ons almal is in gevaar seun..."

"Nie meer vir te lank nie," sê Lotario en is oortuig van sy stelling.

Prinses Jutta los Lotario se skouers en kom orent.

"Wat laat jou so dink, Lotario?"

111

Prinses Jutta se oë rek. "Lotario, waar is R.I.C?"

'n Vermakerige glimlag vorm oor sy lippe.

Prinses Jutta wys haar vinger vir Lotario.

"Julle is in groot moeilikheid. Wag maar tot ons weer op my skip is."

'n Verskrikte blik heers in die oë van prinses Jutta.

"Gaan ek ooit weer my sterskip Jarah sien?"

10

R.I.C sluip uit die soveelste gang. Nie ver van hom af nie sien hy 'n deur. Hy loop nader aan die deur. Die rooi-gloeiende sensors is gerig op die deur.

R.I.C maak seker dat hy alleen is. Hy rig sy arm na die deur. Die kwiksilweragtige metaalhand se vingers is van mekaar versprei.

"Ek hoop julle werk nog."

Helderoranje strale verskiet elke vinger uit en die strale tref die deur. Die deur ontplof uit die kosyn met stukke wat orals verspreid lê. R.I.C hou sy vingers voor die sensors.

"Julle werk nog!"

Binne die vertrek spring wesens agter die panele op. Hier en daar lê 'n wese op die vloer. Van die wesens het wapens in hul hande en strale straal die wapens. Die ligblou laserstrale het geen effek op R.I.C nie.

R.I.C rig sy hande met die vingers verspreid na die wesens. Die keer verskiet 10 helderoranje strale ritmies uit sy vingers en tref die wesens. Sodra die strale die wesens tref, hang gille in die lug. Wanneer die laaste wese val, staak alle strale uit die vingerpunte van R.I.C.

R.I.C hardloop na 'n paneel. Hy gaan voor die paneel staan. Hy kyk na 'n ineenpassende deel en rig sy vinger na die deel. 'n Universele veeldoelige konneksie-eenheid vorm uit sy kwiksilweragtige metaalvinger. Hy druk die konneksie-eenheid die ineenpassende deel binne. Hologrambeelde is voor R.I.C, onder andere, die van sterskip Jarah.

R.I.C kyk na die sterskip Jarah wat binne die romp-area van die massiewe sterskip Tumoru sweef. Vreemde skryfvorms verskyn voor R.I.C soos hy deur sy databank met sterskip Tumoru se hoofrekenaar kommunikeer. Terwyl R.I.C kommunikeer, her-programmeer hy die hoofrekenaar van sterskip Tumoru met 'n virus. Die hoofrekenaar sluit alle verkoeling af na die hoof reaktor.

Meteens ruk die hele skip.

R.I.C besef dat die hoof reaktor van sterskip Tumoru is aan die ontplof, te gou.

Quies is verskrik en verward wanneer hy weer na 'n plofslag teen die wande geslinger word. Hy staan op, maar is van balans af weens die plofslae. Hy hardloop 'n gang binne.

Lotario gil weer beangs wanneer hy op die vloer val nadat die kajuit geruk het.

Nog 'n oorverdowende knalgeluid volg, sodat die seun na sy ore gryp.

Prinses Jutta buk by hom en Lotario se blik is verskrik.

Die kajuit ruk en vibreer na nog 'n oorverdowende knal.

"Wat gaan aan?!" skree Lotario benoud.

Prinses Jutta wil antwoord, maar kaptein Ozturk strompel die kajuit binne.

"Jou gemors! Ek het jou gevra! Wat se geheime het jy nog?"

Wit rookwolke met 'n oranje gloed is in die gange sigbaar. Tussen die rookwolke is beelde van paniekbevange wesens van sterskip Tumoru.

Die kajuit ruk weer na 'n oorverdowende knal.

Kaptein Ozturk spring op nadat hy geval het. Hy gryp na sy sy en 'n laserwapen is binne sy hand. Hy rig die wapen op prinses Jutta.

"Jy dood my skip, ek dood jou!"

Meteens gryp kaptein Ozturk om sy keel en doodsroggel geluide klink op.

Prinses Jutta kyk verskrik na Lotario wat sy regterarm voor hom uitgerig hou en sy vingers teen mekaar op kaptein Ozturk gerig hou.

Alle vrees is weg. Hy staar net glurend. Met sterk met telekinetiese breinkrag druk Lotario, kaptein Ozturk se gorrel toe.

Die groen gelaat van kaptein Ozturk verander in 'n swart gelaat. Die grys oë word wit. 'n Breë gesplete pers tong stoot tussen die lippe deur.

Kaptein Ozturk val op die rug neer en spartel vir nog lewe. Die geroggel raak stil gevolg deur 'n laaste asem uitblaas.

Sodra die kajuit weer ruk na 'n oorverdowende knal, word prinses Jutta se aandag op Lotario gevestig. Hy laat sy arm sak.

'n Grynslag en skrikaanjaende voorkoms stuur koue rillings deur haar liggaam.

Sy besef nou Lotario is gevaarlik ... uiters dodelik.

Dit is al 'n geruime tyd dat Quies deur die gange slinger en val. Daar is 'n onrustige bekommerde blik in sy oë. Hy vind nie vir prinses Jutta óf Lotario nie.

Rook hang soos 'n miswolk oor die vloer heen. Quies vorder loop-vallende tot by 'n deur. Die deur gaan stadig oop en Quies maak hom gereed vir verdediging. Hy gryp en pluk aan 'n figuur en val met 'n swaar gewig bo-op hom op sy rug neer.

Kwiksilweragtige metaalhand se vingers is op Quies gerig. Sodra Quies die hand wegklap is rooi gloeiende sensors op hom gerig.

"R.I.C?"

"Quies? Ek dog jy is op die skip van prinses Jutta!"

"Ek het na julle kom soek!"

"Nou het jy vir my gekry."

"Vir jou? Waar is Lotario en prinses Jutta?"

Knalle klink op.

"Lotario is by die prinses en ons moet nou, soos in nóú, op haar skip kom."

"Ek verstaan nie!" sê Quies kopskuddend.

Hy gooi vir R.I.C van hom af en albei is staande.

"Ek het die hoof rekenaar van die skip met 'n virus geprogrammeer. Die hoof reaktor is aan die ontplof. Die hele sterskip gaan binne oomblikke heeltemal ontplof."

"En jy wil op die prinses se sterskip kom?"

"Ja, voordat ek saam met hierdie skip vernietig gaan word."

Quies tree dreigend nader aan R.I.C.

"Ek soek Lotario en prinses Jutta Arrabel om hulle te red!"

Meer knalle klink op hoe sterskip Tumoru in dele ontplof.

"Wat wil jy red, Quies? Dié sterskip ontplof ..."

"Jy is vir onderstel om na Lotario om te sien!"

"Dit maak nie meer saak nie, hy is gevaarlik, dit sal beter wees as hy sterf."

Quies gryp met sy harige hande, om die onderkant van R.I.C se kop.

"Wat weet jy van gevaarlik? Ek waarsku jou, sou Lotario tot sterwe kom gaan sy gees jou kry en al jou konneksies uitmekaar pluk!"

R.I.C dink.

"Dan sal ek voorstel om hom te vind ..."

"Nie net vir hóm nie, prinses Jutta Arrabel ook! Hoe lank tyd het ons voordat die hele skip gaan ontplof?"

"Daar is skaars tyd vir prinses Jutta se skip om die groot skip uit te vaar."

"Dan stel ek voor dat ons nie verdere tyd moet mors nie, of hoe R.I.C?"

'n Digte rookmis hang swaar in die gange.

'n Swaar hangende brandende reuk tesame met 'n hoë hittegloed bevestig dat die kolossale sterskip aan die brand is.

Na nog 'n hewige ruk val voorwerpe bo-op prinses Jutta en Lotario neer. Gille word van prinses Jutta gehoor.

Prinses Jutta Arrabel en Lotario staan tegelyk op.

"Waar is jou skip?" vra Lotario.

Prinses Jutta wys deur die rookmis.

"Net agter daardie deure."

Prinses Jutta en Lotario strompel na die deure, maar meteens loop wesens uit die rookmis en kom reg voor hulle staan...

Quies en R.I.C kyk na sterskip Jarah wat voor hulle sweef-hang.

"Ek is jammer, Quies, ons het hulle nie gekry nie. Miskien is hulle ..."

"Nee, hulle is nie," Quies wys na deure, "hulle is agter daardie deure."

Quies het van sy 30 ingebore geestesgawes gebruik gemaak. Hy gryp vir R.I.C agter om die koue kwiksilweragtige metaal nek en stoot die robot in die rigting van die deure. Hulle kom tot stilstand voor die deure.

R.I.C rig sy hand met sy vingers oopgesper na die deure. Helderoranje strale verskiet uit sy vingers en sodra strale die deure tref, word die deure uit die kosyne weggeslinger.

Prinses Jutta kyk verskrik na die opening, maar waarna Quies staar, is die dooie wesens.

Die oorblywende wesens het beide hul hande om hul kele.

Lotario staan met sy arm voor hom gerig, met die vingers teen mekaar.

Die wesens val op hul rûens neer.

Quies loop deur die opening reg op Lotario af, wat hom met 'n glimlag inwag.

"Ek het hulle almal myself gedood," sê Lotario trots.

Quies maak sy vuis en slaan in die lug na Lotario, maar 'n sterk telekinetiese kraghou tref Lotario teen die kakebeen, sodat hy terug steier en op sy rug bewusteloos te lande kom.

Prinses Jutta kyk woedend na Quies.

"Wat maak jy?"

Quies tel die slap liggaam van Lotario in sy arms op.

"Ek neem nie kanse nie. Laat ons op jou sterskip kom!"

Quies, met die slap Lotario in sy arms, loop verby prinses Jutta na sterskip Jarah.

"Prinses, kom asseblief," sê R.I.C gejaagd.

Die sterskip Jarah vaar die opening uit van die ontploffende kolossale sterskip. Die sterskip wat nou net gedeeltelik raamwerke is en wat in ligte laaie brand, ontplof in hoë wit-geel wolke met vlamme wat tussen die wolke deur lek.

Verloop van tyd in die ruimte

Sterskip Jarah vaar vinnig tussen die swart met sterre.

In 'n kajuit staan Quies en staar na die sterre. 'n Stem agter hom laat hom omkyk.

Prinses Jutta Arrabel het 'n verwarde blik.

"Quies, Lotario is 'n onskuldige pragtige seun maar ..." prinses Jutta kan haar sin nie voltooi nie.

"Die maar is, prinses Jutta, hy is gevaarlik. En hy word groot. Ek wil Lotario op planeet Raggamajos kry. Die magte moet verdere besluite oor Lotario se lot neem."

"Hom dood?" Daar is vrees by prinses Jutta te bespeur.

Quies kyk weer by die venster uit.

"Dit is uit my hande."

EPISODE 3

Sonnestelsel
Maximos

1

Diep, diep die swart met sterre heen ...
sonnestelsel Maximos. Die sonnestelsel wat onder
sterre-reisigers bekend staan as die mees
asemrowende sonnestelsel wat ooit gevind sal
word. Altesaam dertien planete, twaalf mane en

vier sonne.
Sonnestelsel Maximos word geken deur die
grootste planeet wat ooit in 'n sonnestelsel gevind
sal word, planeet Tushhan. Tot tienduisend keer
groter as die grootste planeet in enige
sonnestelsel.

Tien reuse mane is reg om planeet Tushhan.
Die mane se wentelbane oorkruis die planeet.

Dan verder weg van planeet Tushhan is planete. Twaalf planete is reg om verspreid van die planeet. Die planete se wentelbane oorkruis planeet Tushhan. Die planete se grootes verskil ook. Elke planeet het ook sy unieke seisoene en kan wissel tot twaalf seisoene. Twee planete met die name, Juwan en Avulin het hul eie mane.

Die ander tien planete met die name Lubomir, Jura, Hyatt, Chantrea, Osa-Yaba, Zelizi, Gabino, Zareth, Shakarah en Mallalai, het nie hul eie mane nie. Al die mane in sonnestelsel Maximos word bewoon. Die mane is uniek aan hul eie en het ook hul eie name, Oleg, Antavas, Jurgis, Masani, Kibuuka, Kifeda, Okuth, Knoton, Kaliska, Pakuna, Makalani en Helaku.

Maan Oleg, is die maan van planeet Avulin. En maan Knoton, is die maan van planeet Juwan.

Die vier dwerg-grootte sonne is aan elke hoek van sonnestelsel Maximos geleë.

Die sonne hou die planete en mane in hul posisies.

Spikkels is sigbaar tussen om die planete en mane wat uit sterskepe en ruimtetuie bestaan.

Die sterskip met die naam, Jarah, vaar verby 'n dwerg son.

Die krulkop Lotario loop die brug binne en loop na 'n paneel waar mens-spesie mans en vroue sit of staan.

Lotario word gevolg deur 'n kwiksilweragtige metaal liggaam. Lotario se helder ligblou oë is verstar voor hom op die brug se vensters gerig.

Hy lig sy arm en sy vinger word na die vensters gewys.

"Wow! Kyk daar!"

Van die mans en vrouens het 'n glimlag oor hul lippe vir Lotario.

Die beeld waarna Lotario staar is van die helder kleurige reus-planeet Tushhan. Die kleure bestaan uit oranje, geel, groen, blou en bruin. Maar dit is asof Lotario se sig nie alles kan waarneem nie. Om die reus-planeet is nog planete wat uit helder kleure bestaan.

'n Kaalkopman loop doelgerig op die seun af. Die beligting laat sy kopvel blink.

Kaptein Egor Borga se groot bruin oë rus op die verbaasde Lotario.

R.I.C se rooi sensors was vir 'n oomblik op die kaptein gerig, maar is nou op Lotario gerig.

"Kom, Lotario, Quies se opdrag was, jy mag nie naby die brug kom nie."

Lotario het 'n sagte blik in die helder ligblou oë. Hy knik.

"Ek wou maar net kom kyk het."

R.I.C plaas sy kwiksilweragtige metaal hand op die skouer van Lotario.

"Nee, kom Lotario."

Kaptein Egor skud sy kop terwyl sy groot bruin oë R.I.C aangluur.

"Ek is die kaptein van hierdie skip indien jy dit vergeet het, R.I.C. Lotario kan hier wees wanneer hy wil en hoe lank hy wil. Neem die boodskap na Quies en sê aan hom, sou hy 'n probleem daarmee hê, my kajuit is oop."

"Maar, Kaptein ..."

"Ek het aan jou 'n opdrag gegee, R.I.C. Jy is deel van die toerusting van hierdie skip. Doen waarvoor jy geprogrammeer is om te doen, asook 'n bode. Sou jy 'n probleem het om opdragte uit te voer, sal jy gelys word as 'n defek en dus gediskonnekteer word."

R.I.C se sensors was 'n oomblik op Lotario, hy draai om en loop die brug uit.

Kaptein Egor kyk na Lotario wat verbaas staar na die toneel van planete.

Sag plaas kaptein Egor sy hande op Lotario se skouers neer. Hierdie seun is gevaarlik, dink kaptein Egor. Maar is ook gevaarlik teenoor gevaar. Lotario het kaptein Ozturk gedood en ook ander gevaarlike wesens. Sou hy werklik die seuntjie wou vernietig?

Kaptein Egor haal diep asem voordat hy praat. "Dit, jongman, is sonnestelsel Maximos. En die planeet wat so groot is, se naam is Tushhan. En onder planeet Tushhan, is planeet Juwan ..."

Lotario kyk opgewonde om en op na kaptein Egor.

"Prinses Jutta se planeet!"

"Ja, prinses Jutta se planeet."

Die breë glimlag oor die lippe verhelder die gesig van kaptein Egor.

Kaptein Egor draai om en staan gesig aan gesig met prinses Jutta Arrabel.

Sy het 'n blou rok aan.

Kaptein Egor kyk na haar los swart krulle.

Haar groen-grys oë het 'n sagte blik, 'n smeek uitdrukking.

Kaptein Egor knik.

"Ek het hierdie kind verkeerd opgesom. Jy is reg, Lotario is spesiaal. Sy groot vyand is sy lot. Nou verstaan ek hoekom jy jou amp as ere-prinses opgesê het en ek is jammer daaroor."

'n Glimlag wil-wil oor prinses Jutta se lippe vorm, maar die trane wat opdam in haar oë is die antwoord oor haar gemoedstoestand.

Kaptein Egor knik en loop voor haar weg.

Prinses Jutta se oë rus op Lotario...

2

Sterskip Jarah het tussen die sterre geanker. Lugtuie het van uit die lanseerbasis gelanseer en vaar na planeet Juwan.

Binne 'n lugtuig sit prinses Jutta Arrabel, die lang grys haar-bedekte liggaam, die Barakka Quies, die Robot Intelligente Cyborg, R.I.C, en 'n seun wat aan die slaap geraak het, Lotario.

Prinses Jutta kyk na Quies en begin om sag te praat.

"Sodra ek my bedanking as prinses bekragtig het by die koninklike-raad, kan ons styg na planeet

Raggamajos. Ek het alreeds deur kaptein Borga gereël vir 'n sterskip."

Quies skud sy kop.

"Jy gee jou adel-amp as prinses op en dit ter wille van Lotario? Ek dink jy het genoeg gedoen vir Lotario. Laat net ek en hy ster na planeet Raggamajos."

Prinses Jutta kyk na Lotario wat 'n sagte uitdrukking oor sy slapende gesig het.

"Ek bly by my besluit, Quies," bevestig prinses Jutta haar besluitneming.

Quies is ongemaklik.

"Prinses, wat as die magte besluit om … wel … om vir Lotario … Prinses asseblief, bly eerder in u amp en keer terug na die sterre."

"Jy kan dit nie self sê nie, kan jy, Quies? Hom dood. Kan die magte jou vra om hom vas te hou, terwyl hulle hom dood, Quies? Of wil jy net vir Lotario by die magte los en so jou daad afhandel?"

"Prinses, as die magte 'n besluit geneem het, bly hulle daarby en voer dit uit. Nie ek of u kan hulle besluit teengaan nie."

Prinses Jutta praat harder.

"Ek los nie vir Lotario alleen by jou, of die magte nie!"

"Prinses, jy verstaan nie die magte nie. Die magte is juis vir liefde, vir vrede. Hulle sal kwaad en gevaar uitwis waar dit ook mag voorkom, en dit is Lotario. Hy is nie 'n normale seuntjie nie, nie soos hy die lewe laat sien is nie. Hy is uit dubbel gevaarlike euwels gebore vir 'n doel, om wraak te neem en dit is volbring. Lotario gaan groot word. Wat as hy dan 'n bedreiging gaan wees? Gaan u nog so oor hom voel? Hy manipuleer u, want sy gees is onstabiel. Die magte sal stabiliteit aan sy gees gee en alle ongerymdhede wegneem. En die ongerymdhede is die Lawakoningin Yeva en die Tallottara-gees waaruit hy gebore is. Om alle ongerymdhede weg te neem, moet Lotario se vleeslike liggaam gedood word. Dit is hoe die magte te werk gaan. Daar kan weer een of ander tyd 'n liggaam van vlees en bloed vir hom gevorm word."

Prinses Jutta het 'n verskrikte blik, haar oë rek. Sy bring haar hand op en klap vir Quies op die kant van sy Barakka kakebeen.

"Ek sal Lotario beskerm teen euwels soos jy!"

Lotario word wakker van die kwaai ontstelde stem. Hy sit regop.

"Wat is dit?"

Quies en prinses Jutta se blik is op Lotario.

Net wanneer prinses Jutta wil praat, praat R.I.C.

"Prinses, ek het 'n boodskap ontvang. Die koninklike raad vra dat u as gas sal optree by die ruimte-resies, voordat u na die koninklike-raad sal gaan vir die sitting oor u as prinses."

Lotario het 'n vraende blik.

"Ruimte-resies?"

Prinses Jutta glimlag.

"Ja, ruimte-resies. Dit is 'n sport, waar resies tussen die planete gehou word. Dit begin by 'n

129

planeet en eindig by dieselfde planeet. Baie aksie, maar dit is ook 'n baie gevaarlike sport."

Prinses Jutta kyk uitdagend na Quies en dan na Lotario.

"Ek sal sorg dat jy eers sal sien hoe die resies plaasvind, voordat ons sal ster na pla... enige planeet."

Quies skuif ongemaklik op die sitplek rond.

"Prinses, ek dring daarop aan dat ek en Lotario dadelik sal ster na planeet Raggamajos. En na Raggamajos sal Lotario gaan!"

Lotario kyk met 'n kwaai blik na Quies.

"Ek wil eers die resies sien! Hoor jy? Ek wil eers die resies sien!"

Prinses Jutta het 'n vermakerige glimlag.

"En die resies sal jy sien, Lotario."

Quies gee 'n moedelose sug.

3

Vanaf planeet Juwan tot regoor planeet Avulin. En vanaf maan Knoton tot regoor maan Oleg, is stadiums se paviljoene gevul met toeskouers. Groot hologrambeelde is in die middel van die arenas. Maak nie saak waar 'n toeskouer hom bevind nie, die hologrambeeld word duidelik gesien.

Alhoewel sonnestelsel Maximos se planete bewoners die meeste uit verskillende mens-spesies bestaan, is daar ook 'n presentasie van verskillende wese-spesies. Daar is ook mens en wese-spesies vanaf planete uit galaksies ver weg geleë in sonnestelsel Maximos se planete. Maar almal is vir 'n doel in die stadiums ... Die ruimte-resies. En die wat nie in die stadiums is nie, is voor hul hologram-projektors in hul wonings.

Die ruimte-resies is 'n groot gebeurtenis. Net die beste ruimte-jaers kwalifiseer vir die groot sonnestelsel Maximos kampioenskap, soos vandag. Dit begin by planeet Juwan, gaan by al die planete in Maximos om, en eindig weer op planeet Juwan.

Dit is 'n uiters gevaarlike sport weens dat daar

teen hoë snelhede resies in die ruimte plaasvind.

Die ruimte-resiestuie is dop oor masjinerie met 'n kajuit. Hoe meer masjinerie die ruimte-resiestuig het wat 'n hoë spoed kan behaal, hoe groter is die kanse om die resies te wen. En die goue reël; sorg om voor te jaag. Om in 'n bondel te jaag is die kanse hoër om te verongeluk en daar verongeluk gewoonlik twee ruimte-jaers in 'n resies. En sou daar 'n ongeluk plaasvind, is dit die dood. Niemand oorleef 'n ongeluk nie ... dit kán net nie.

Maar sou 'n ruimte-jaer wen, is die prysgeld en ander pryse ontelbaar werd en dit regverdig dus om met die lewe waaghalsig te wees.

Dit is 'n groot massiewe area waarin die lugtuig gaan land.

Nie ver van die lugtuig nie, staan vreemd vormige ruimte-resiestuie met hul landingstoestelle waar die landingstoestel uit die romp strek.

Wanneer die loopbrug uit die lugtuig vorm, loop lyfwagte voor prinses Jutta Arrabel wat gevolg word deur Lotario, Quies en R.I.C, met 'n aantal persone wat hul volg.

Wanneer Lotario die loopbrug afloop en sy skoene is op gruis, kyk hy na die helderkleurige tuie.

"Wow!" roep hy uit.

Prinses Jutta gaan staan stil en kyk om na Lotario wie se oë met bewondering gevul is.

"Dit is die ruimte-resiestuie, Lotario."

"Ek wil na hulle gaan kyk," sê Lotario opgewonde.

"Nou goed ..." prinses Jutta wil verder praat, maar 'n man praat.

"Prinses Arrabel, u moet na die hologram-kamera. Daar sal nie nog tyd wees om na die ruimte-resiestuie te gaan kyk nie."

Prinses Jutta knik en kyk weer na Lotario.

"Sodra die resies afgehandel is, sal ek reël dat jy die ruimte-resiestuie van nader kan aanskou."

Lotario laat sy gesig ongelukkig sak en prinses Jutta vryf oor sy krulhare.

"Prinses, asseblief," sê die man gejaagd.

Prinses Jutta volg die man met die res wat volg.

Die toeskouers se stemme dreun oor 'n wye gebied heen.

Binne 'n massiewe gang met pilare aan weerskante en die vloere so blink gepoleer, sodat liggame weerspieël word, gaan die man stilstaan en draai na prinses Jutta.

"Prinses Jutta Arrabel, net u mag my alleen verder volg."

Die man kyk na 'n lyfwag.

"Neem prinses Jutta se gaste na die paviljoen."

Prinses Jutta se gesig is voor Lotario. Sy vryf met haar vingers oor sy wang.

"Ek is nou-nou terug. Jy sal my in die hologrambeelde sien."

Lotario omhels vir prinses Jutta. Wanneer hy haar los, loop prinses Jutta agter die man aan.

Die lyfwag kyk na Lotario, Quies en R.I.C.

"Volg my, asseblief."

Hulle loop na 'n deurloop en opgewonde stemme klink nou hard op. Hulle loop met die deurloop tot daar binne 'n paviljoen geloop word.

Lotario loop sleepvoet heel agter R.I.C aan. Sy oë rek, hy het nog nooit so baie mens van verskillende spesies en rasse, asook wese-spesies gesien nie.

"Wat kyk jy?" vra 'n gesig wat nou voor Lotario is.

Hy retireer.

Dit is vir hom skrikaanjaend wat nou voor hom is. Die kop is breed, met bulte wat uitstaan. Gate is aan die kante van die kop wat oop en toe gaan en asem geluide is hoorbaar.

Maar Lotario staar na die oë.

Drie oë is regoor die voorkop verspreid met 'n slurp onder die oë. 'n Mond is aan die punt van die slurp.

'n Koue hand met drie koulike vingers gryp om die voorarm van Lotario.

"Kom sit hier!" sê 'n hees stem vanuit die mond.

Lotario ruk hom los en 'n spottende gelag weergalm.

Hy gluur die wese aan en sien dat sy vriende ook aardig voorkom. 'n Klein wesentjie steek vir hom 'n lang tong uit. Die tong rol terug.

'n Breë geel gesig is voor hom. Ovaal rooi oë is op sy oë gerig. Kleppe wat as neusgate dien is snotterig en maak vinnig oop en toe. Breë lippe met uitsteek tande rond die gesig af.

"Jy dink ek's lelik! Op ons planeet sal hulle jou in 'n glaskas sit sodat daar gesien kan word wat is lelik!"

Weer klink 'n gelag op.

Lotario kyk vlugtig opsoek na R.I.C en Quies, maar daar is te veel toeskouers. Hy kyk in die rigting hoe hulle gekom het en loop die rigting in.

Quies se Barakka gesig gaan stadig oor die toeskouers heen en weer.

R.I.C se sensors is oor 'n ander groep van die toeskouers.

"Hoe is dit dan moontlik? Hoe kon hy dan net so wegraak? Ek word al hoe gryser en dit is alles Lotario se skuld!"

R.I.C kyk na Quies.

"Ek weet nie of Lotario die oorsaak van jou grys hare is nie, Quies. Maar miskien sal 'n lyfwag hom vind."

Quies het 'n woedende blik in sy ligblou oë.

"Luister hier, nie jy of prinses Jutta weet tot waartoe Lotario in staat kan wees nie. Ek moet ..."

Meteens klink 'n gejuig op en Quies kyk verskrik voor hom.

Prinses Jutta Arrabel se gesig is oor die vergrote hologrambeelde. Haar stem eggo tot by die uithoeke van die paviljoen.

Lotario se helder ligblou oë is op die grond gerig terwyl sy skoene met 'n knars oor die gruis loop. Hy gaan staan stil en luister hoe prinses Jutta se stem oor die area heen eggo.

Wanneer hy opkyk, is 'n swart en rooi ruimteresiestuig nie ver van hom af nie.

Meteens word hy opgewonde, maar 'n hand slaan op sy skouer neer.

Lotario swik van skrik met 'n gil wat volg.

'n Jong man wat kort gebou voorkom, en dus nie baie langer as Lotario is nie, is nou voor hom.

Die man is geklee in 'n swart resies-pak met stewels.

"Skoert hier!" beveel die man.

"Ek wil kyk hoe lyk jou ruimte-resiestuig," sê Lotario met 'n opgewonde glimlag.

"Néé, skoert! Nie naby my ruimte-resiestuig nie! Tot kinders kan as spioene gebruik word deur ander resies-spanne. So hoor jy? Skoert!"

Die man gryp vir Lotario aan die kraag en pluk hom agtertoe. Lotario probeer om sy balans te behou, maar val op die naat van sy rug neer. Hy gluur die man aan van waar hy lê.

Die man loop op Lotario af, maar hy skop in die lug. 'n Sterk telekinetiese breingolf-hou tref die man reg in die maag. Die man vou vooroor en met die fors van die golf word die man van sy voete gelig en na bo geslinger. Hy tref 'n paneel van die ruimte-resiestuig met sy rug. Die man val op sy boude, maar hou sy hand oor sy maag weens die wind wat uit is. Die man se oë is verskrik op Lotario gerig wat hom nog steeds aangluur.

Versigtig, maar bang staan die man op. Maar dit is asof die man nie kan glo wat nou met hom gebeur het nie.

"Ek bang geen kind!" skree die man.

Die man stormloop op Lotario af. "Ek sê jou skoert!"

Die man gryp vir Lotario aan die klere en pluk hom die lug in op.

Lotario se hand is om die ken van die man en hy pluk die man se kop regsom. Met die samewerking van sy breinkrag breek Lotario die man se nek met 'n harde kraakgeluid wat volg.

Die man sak met Lotario op die gruis neer.
Bloed loop die man se neus uit.

Lotario se oë is op skrefies.

Quies se oë bly om hom soek.

Hy hoor niks van die toespraak wat prinses Jutta Arrabel lewer nie.

"Quies!" word die soveelste keer na hom geroep.

Quies kyk na R.I.C langs hom.

"Sit, Lotario sal gevind word."

Quies gaan sit, maar daar is 'n angs uitdrukking in sy oë.

Die lyk van die man word verder onder die ruimte-resiestuig in gesleep waar Lotario dit aan die kraag beet het. Hy laat die lyk val.

Lotario sien 'n gleuf wat 'n deur aan die voorkant aandui.

Hy rig sy hand na die gleuf in 'n paneel wat as 'n deur dien en deur telekinetiese kragte skuif die paneel oop en weg. Trappe kom te voorskyn en Lotario klim met die trappe op en is so die kajuit binne. Hy rig weer sy hand na die opening en die paneel skuif weer die spasie binne en seël.

Lotario kyk na die instrumentepaneel wat die ruimte-resiestuig beheer.

Hy gaan in die stoel sit en kyk na die stuurstang voor hom. Sy regterhand vou om die bodeel van die stuurstang.

4

Nadat prinses Jutta Arrabel se hologrambeeld verdwyn het, is daar nou 'n ander vergrote hologrambeeld, dié van 'n man.

"Die tyd van opwarming het aangebreek – aktiveer julle masjinerie!"

'n Gejuig klink op en diep dreunings is afkomstig van die ruimte-resiestuie.

Vlieënde kameras sweef om die ruimte-resiestuie en stuur beelde met tye oor die hologram-projektors.

Quies sien hoe prinses Jutta aangestap kom.

Hy staan op en loop haar tegemoet.

Miskien, net miskien, weet sy waar Lotario is. Maar hy het nie veel hoop nie.

"Waar is hy?" vra Quies.

"Wie?" Prinses Jutta het 'n frons oor die gesig.

"Prinses, asseblief ..."

Prinses Jutta se oë rek. "Quies, waar is Lotario?"

Dit dring tot die geskokte Quies deur dat Lotario op sy eie is.

"Prinses luister na my, ons sal Lotario moet vind. My instink waarsku my Lotario verkeer in gevaar."

'n Bleek gelaat is oor die gesig van prinses Jutta.

Lotario het 'n vermakerige glimlag. Sy instinkte lei hom om die regte instruksies van die instrumentepaneel te volg.

Die masjinerie van die ruimte-resiestuig dreun die stuurkajuit binne. Voor hom is 'n klein hologrambeeld van die man wat die resies organiseer.

"Styg na fase een!" sê die hologrambeeld van die man.

Lotario druk op 'n knop wat groen flikker.

Hy voel hoe die ruimte-resiestuig styg en rek hom hoër op. Hy sien deur die glaskoepel hoe die ruimte-resiestuig heel agter in 'n ry na bo styg.

Lotario se oë rus nou op 'n skerm waar 'n kolletjie flikker om die resies-roete aan te wys.

Quies se rooi voetsole knars oor die gruis. Hy hoor hoe R.I.C se metaal-voete hom volg. Dan sien Quies dit. 'n Liggaam wat lê. Hy loop na die liggaam en versteen terwyl sy oë verstar is. Aan weerskante van Quies kom prinses Jutta en R.I.C staan.

Prinses Jutta kyk na Quies, maar Quies kyk nie na haar nie. Sy oë is op die lyk van die man gerig.

"My waarborg aan jou, prinses Arrabel, dat Lotario gevaarlik is."

"Hoe kan jy Lotario blameer vir hierdie liggaam?"

"Nee, Prinses, ek blameer myself, ek kon dit verhoed het. Sou ek net daarop aangedring het dat ons dadelik moes styg na planeet Raggamajos, sou hierdie insident nie gebeur het nie."

"Quies, ek vra weer, hoe kan jy vir Lotario beskuldig vir hierdie man se dood?"

"Omdat ek Lotario in hierdie man wat 'n resies-jaer was se ruimte-resiestuig kan aanvoel."

Prinses Jutta kyk op na die helderblou lug.

Die mag-Rommozor is oorheersend in Lotario.
Die ruimte-resiestuig is omring met sterre.

Lotario kyk by die glaskoepel uit en sien hoe daar om die reuse planeet Tushhan gester word.

Hy sien hoe die klein planeet Osa-Yaba, wie se wentelbaan na aan die massiewe planeet Tushhan is, verby die ruimte-resiestuig skuif.

Weens die feit dat die planete in sonnestelsel Maximos so naby mekaar geleë is, word daar nie die spoed van lig gehandhaaf nie, maar tog word 'n hoë snelheid gehandhaaf.

Dit is asof Lotario nie genoeg gesien kan kry van die asemrowende sig van planete en mane in sonnestelsel Maximos nie, maar wanneer hy weer voor hom kyk, is twee ruimte-resiestuie langs mekaar voor sy ruimte-resiestuig. Lotario se oë is glurend op die ruimte-resiestuie gerig.

Hy stoot die stuurstang vorentoe en die ruimte-resiestuig versnel vinniger.

Die neus gedeelte van Lotario se ruimte-resiestuig is reg-op die sterte van die twee ruimte-resiestuie. Ligblou vlam-sterte van die ruimte-resiestuie se masjinerie, kan duidelik gesien word.

Die renjaers in die verskillende ruimte-resiestuie kyk op die paneel na die skerm wat die ruimte-resiestuig beeld met Lotario binne.

Hulle sien hoe die ruimte-resiestuig na aan hulle sterte ster en wanneer die ruimte-resiestuig van Lotario 'n maneuver uitvoer om verby te kom, blok hulle die maneuvering, maar die ruimte-resiestuig met Lotario binne gee nie bes.

Lotario se oë is glurend, maar ook is daar 'n blik van woede sigbaar.

Hy byt op sy tande en vinnig en met krag word die stuurstang vorentoe gedruk.

Die neus gedeelte van Lotario se ruimte-resiestuig beweeg nader en is tussen die sterte van die ruimte-resiestuie binne.

Hy pluk aan die stuurstang en die ruimte-resiestuig swaai na die kant sodat die vlerke vertikaal is.

Met dié maneuver ster Lotario se ruimte-resiestuig tussen die twee ruimte-resiestuie in.

Die hand van Lotario beweeg weer met die stuurstang.

Die ruimte-resiestuig tol en die vlerke tref die ander twee ruimte-resiestuie se vlerke met die tol beweging.

Die twee ruimte-resiestuie word so van rigting verander en ster na mekaar.

Lotario pluk die stuurstang na sy maag en die ruimte-resiestuig vlieg op en na bo.

Die twee ruimte-resiestuie se neuspunte maak kontak. Nadat die neuspunte kontak gemaak het, volg die glaskoepels. Die glaskoepels kraak as gevolg van die kontak. Wanneer die middel gedeelte van die ruimte-resiestuie raak, waar die brandstof-tenks gehuisves word ontstaan rooi-oranje vlamme. Beide ruimte-resiestuie ontplof in 'n wit wolk waaruit rooi-oranje vlamme lek.

Die vlieënde kameras beeld die hele gebeurtenis na die groot hologram-projektors in die stadiums.

Die toeskouers snak hoorbaar na hul asems.

Die kommentator is hees soos hy die aksie bevestig.

Dit is asof Lotario beheer word, maar deur wie? Die Donkermag? Of die mag-Rommozor wat hy nie kan tem nie ...

Terug op die paviljoen het prinses Jutta Arrabel het haar hand om haar keel van spanning.

Sy sien uit die hoek van haar oog hoe Quies haar dophou.

"Verstaan jy nou hoekom Lotario gedood móét word, Prinses? Hy is gevaarlik!"

Prinses Jutta kyk met afgryse na Quies.

"Hy is dit nie, Quies! Hy ken nie daarvoor dat hy uit 'n dubbel-gees gewek is nie. Lotario is 'n pragkind, al wat hy benodig is om getem te word sonder die moordlustigheid van jou en die magte!"

Quies gluur uitdagend na prinses Jutta. Hy word woedend.

"Ek is nader aan Lotario as wat die magte is. Ek gaan hom dood sodra hy sy voete op Juwan sit. Sy gees sal gaan na die magte op planeet Raggamajos, en sou die magte besluit om Lotario se gees te verwerp, berus ek my in hul besluit."

Quies staan op en stap weg van prinses Jutta. Prinses Jutta het weer haar hand om haar keel. Vrees en angs pak haar beet.

Sy sien hoe R.I.C 'n ent van haar weg sit. Sy beur vooroor. "R.I.C!" roep sy.

Die kwiksilweragtige kop kyk om en rooi sensors is op haar gerig.

"Ja, Prinses?

"Ek het jou hulp nodig, R.I.C ..."

5

Lotario volg die resies-roete wat deur 'n flikkerende rooi kolletjie in 'n skerm aangewys word.

Drie planete is verby gester.

Die ruimte-resiestuig van Lotario is aan die onderkant van die heel boonste planeet Avulin, en ster nader aan 'n groep van ruimte-resiestuie wat voor ster.

Lotario verkyk hom nie meer aan die asemrowende sig van die planete nie. Sy oë is net glurend voor hom gerig.

Quies loop doelgerig met sy rooi voetsole wat knars geluide oor die gruis maak.

Meteens is 'n duidelike, maar deursigtige gees voor Quies.

Hy gaan stilstaan en staar na mag-Rommozor.

Geestelike ligblou oë is stip gerig op die ligblou oë van Quies.

"Jy dood nie vir Lotario nie. Bring hom na planeet Raggamajos, hy sal getem word."

Quies rig sy lang grys hare arm en 'n vinger word na mag-Rommozor gerig.

"Hy is nie jou seun nie. Jy gaan nie soos met Torian, aanspraak maak op Lotario nie. Ek gaan nie soos Jaskara met jou opdragte spring nie! Lotario is gevaarlik en hy gaan deur my gedood word …"

Quies gryp meteens om sy keel en roggel geluide klink op.

Die mag-Rommozor hou sy geestelike hand met die vingers na mekaar gerig op Quies.

"Ek sal jóú dood, Quies! Sou jy Lotario dood sal sy gees ontembaar wees vir altyd! Nou, jy is die enigste uitweg om Lotario na planeet Raggamajos te bring. Sodra Lotario by jou is, bring hom alleen! Ek soek nie prinses Jutta om hom nie. Al moet jy 'n sterskip steel doen jy dit, maar Lotario kan nie langer tussen die sterre wees nie!"

Die mag-Rommozor verdwyn. Quies hyg na suurstof. Sodra Quies vrylik kan asem haal loop hy na waar die ruimte-resiestuie gaan land.

Intussen het planete Lubormir, Mallalai, Shakarah en Jareth deel uitgemaak van die resies.

Dit is nog net planeet Gabino verby, dan sal planeet Juwan bereik word.

Die ruimte-resiestuig waarin Lotario is, het tussendeur die groep gester en is kortkop agter die voorloper wat ook die kampioen is.

Omdat die ruimte-resiestuie in verbinding met hul verskillende resies-spanne is, is alle ruimte-resiestuie gewaarsku oor die swart en rooi ruimte-resiestuig. Dus baan hul 'n weg vir hom.

Omdat Lotario nie die helm oor sy kop het nie, is hy nie in verbinding met die span waaraan die dooie resies-jaer behoort het nie. Maar dat die betrokke span weet dat hul resies-jaer nie aan boord is nie, is gewis.

Maar dit wil lyk asof die kampioen nie 'n baan gaan weg vir Lotario nie.

Lotario sien hoe planeet Gabino aan die regterkant van die ruimte-resiestuig is.

En aan die linkerkant is die twee mane, Pakuna en Kaliska en is baie na aan planeet Tushhan. Lotario kyk weer voor hom en sien die ligblou vlamsterte vanuit die masjinerie.

Hy probeer enige maneuver met die stuurstang, maar dit is asof die resies-jaer alles van Lotario te wagte is.

Lotario word van alle kante geblok en dit maak Lotario woedend. Hy het 'n woedende uitdrukking oor die gesig en druk die stuurstang vorentoe.

Die neuspunt van die ruimte-resiestuig dring die opening van 'n masjinerie binne, en met dié word gekeer dat hitte die masjinerie moet verlaat.

Rooi, oranje-geel vlammewolk wolk in 'n sampioenvorm agter die stuurkajuit van die ruimte-resiestuig op. Binne die kajuit is die resies-jaer alreeds bedek in vlamme. Gille klink van die vlam-bedekte resies-jaer op, en meteens ontplof die ruimte-resiestuig. Lotario reageer voordat die ontploffing sy ruimte-resiestuig insluit. Hy ster met 'n hoë snelheid om die ontploffende ruimte-resiestuig.

Lotario grynslag. Hy is die enigste ruimte-resiestuig wat voor is.

Planeet Juwan is nou groot voor die ruimte-resiestuig.

Intussen is die toeskouers rasend en kwaad oor die ruimte-resiestuig wat groot ongelukkigheid veroorsaak.

Dit word ook afgekondig dat die ruimte-resiestuig gekaap is en dus is die resies afgestel.

Soldate met swaarkaliber-wapens wat oor hul voorarms rus hardloop in rye na waar die ruimte-resiestuie gaan land.

Lotario het 'n vraende verwarde blik.

Die stuurstang reageer nie. Hy stoot en trek aan die stuurstang, maar die ruimte-resiestuig daal net vinniger af na die oppervlak van planeet Juwan.

Iewers op planeet Juwan is die kwiksilweragtige metaalkop van R.I.C na bo gerig, met die rooi sensors wat op die swart en rooi ruimte-resiestuig gerig is wat afdaal na die grond.

Die kwiksilweragtige metaalhande is gerig na bo met die vingers wat bewegings uitvoer. So beheer R.I.C die ruimte-resiestuig.

Die ruimte-resiestuig gaan land met die landingstoestel uit die romp, waar daar 'n medium grootte sterskip nie ver weg geland staan nie.

Die onderdeel van die ruimte-resiestuig sak af en oop en trappe kom te voorskyn.

Lotario klim met 'n woedende lyftaal die trappe af. Wanneer Lotario voor hom kyk, staan R.I.C. daar.

"Dit was jy!" beskuldig Lotario.

R.I.C rig sy hand en die metaalvingers is op Lotario gerig.

Vir 'n oomblik kyk Lotario verby die hand en sien hoe prinses Jutta vinnig na hom aangeloop kom.

"Prinses! R.I.C het ..."

Strale straal ritmies uit die silwer metaalvingers en tref vir Lotario teen die bors.

Lotario sak met 'n kreun ineen en val op die gruis neer.

R.I.C gaan by die liggaam van Lotario hurk en raak saggies aan die liggaam. R.I.C kyk om na prinses Jutta.

"Ek het hom net bewusteloos gestraal, Prinses."

R.I.C se arms vou onder die slap liggaam in en hy kom met Lotario regop. Lotario word oor die skouer van R.I.C gegooi.

Prinses Jutta kyk na die slap liggaam.

"Laat ons binne die sterskip kom voordat daar na my, of erger nog, na Lotario gesoek word."

Terwyl hulle na die sterskip aanstap praat prinses Jutta.

"Ek hoop ons kon vir Quies ontduik het. Na hierdie gebeure sal hy vir Lotario net wil dood."

Prinses Jutta laat R.I.C met die slap Lotario oor sy skouer die loopbrug oploop.

Sy volg hom en by die skuifdeur aan die binnekant teen die wand is 'n knop.

Haar vinger is op die knop en wanneer sy die knop indruk begin die skuifdeur toe beweeg. Prinses Jutta het 'n tevrede glimlag.

'n Skadu van buite val oor haar en sy kyk verskrik om. Haar oë rek.

Haarbedekte hande vou om die skuifdeur en skuif dit oop en Quies loop die sterskip binne.

Die skuifdeur skuif agter Quies toe en seël.

Prinses Jutta is verskrik en angs is in haar groen-grys oë.

"Asseblief, ek smeek by jou Lotario se lewe …"

Quies antwoord nie en het 'n woedende blik.

Meteens verskyn R.I.C agter prinses Jutta. Sy arm met die vingers is voor hom gerig.

"Prinses, agter my!"

Prinses Jutta kyk agter haar en duik onder die arm van R.I.C deur. Sy gaan agter R.I.C se rug staan.

Voordat Quies kan reageer, straal helderoranje strale die vingerpunte van R.I.C uit en tref vir Quies teen die lyf op. Met die krag van die strale, word Quies na agter geslinger en kom op sy rug te lande. Hy beweeg nie...

EPISODE 4

Die Gewraakte Komplot

1

Planeet Torontoro

Planeet Torontoro is geen onbekende naam in 'n galaksie ver weg geleë nie. Dit is 'n droë dorre planeet.

Die planeet was nie deur beskaafde planete as 'n leefbare planeet geklassifiseer nie, eerder as 'n stortingsplek vir kriminele, veral gevaarlike kriminele, soos rowers en moordenaars.

Maar die beskaafde planete het uitgebrei watter kriminele ge-oormerk moes word om op planeet Torontoro gestort te word. En so was die geringste oortreding as 'n kans gesien om van kriminele ontslae te raak.

Wanneer kriminele op planeet Torontoro losgelaat word, is dit soos 'n doodstraf volgens die beskaafde planete. Dus het hul nie omgegee of hul ontferm oor planeet Torontoro nie, solank hul net kon wegdoen met die kriminele. Maar soos alreeds tussen die sterre bewys is, sal voortbestaan in een of ander manier voorkom, en Torontoro is geen uitsondering nie.

Die kriminele het losbandig onder mekaar begin leef en so het kinders die planeet se son aanskou. En hierdie kinders het beide hul ouers se gene geërf om barbaars te wees en om uiters gevaarlik voor te kom.

Deurdat planeet Torontoro so barbaars en wreed is, so is die kinders ook. Hulle moet op 'n ouderdom van elf self oorleef, selfs nog op 'n jonger ouderdom soos sewe.

Hierdie leefwyse van planeet Torontoro, is so reg in die geestes oë van die Tallottara-gees en die Lawakoningin Yeva. Beide is self booswigte van die sterre ...

2

In 'n woning van klip is twee swart klede reg oormekaar.

Die een swart kleed het geen liggaamsdele in die openinge nie, al die openinge is swart, maar die kleed beweeg, dus is die kleeddraer 'n gees.

Wanneer die ander kleed beweeg kan donkerbruin bene in die openinge gesien word, maar die gruwelikste van alles is, die skedel wat deur die kappie se opening gesien kan word. Eerste wat gesien word, is die droë wit-geel lang slagtande wat uit die boonste kaak vorm. Skerppuntige tande is tussen die slagtande sigbaar. Daar is gate in die middel van die skedel asook langs die kante van die skedel.

'n Diep stem is van die kleed waar daar geen ledemate sigbaar is nie, dus die gees.

"Hulle is op planeet Daïer Pyre Chimini," sê die Tallottara-gees.

"Hulle?" vra 'n sagte meisiestem van die skedel.

"Laat my dan toe om jou aandag te bring waar dit hoort, Lawakoningin Yeva. Lotario, Jutta Arrabel, wat 'n prinses op planeet Juwan was, en R.I.C die robot, is op planeet Daïer Pyre Chimini. Maar my gees laat my beelde sien dat Jutta Arrabel, vir Lotario van die magte versteek. En die mag-Rommozor asook die res van die magte, wil vir Lotario op planeet Raggamajos hê om Lotario se vleeslike liggaam te dood, sodat sy gees getemper kan word. Maar Lotario het intussen gegroei tot 'n volwasse man."

Die sagte meisiestem is weer van die skedel.

"En jy, Tallottara, wil vir Lotario red van 'n vleeslike dood as 'n volwasse man?"

"Ek wil sy seun in die hande kry."

"My seun gaan vader word!" gil die stem van die skedel, Lawakoningin Yeva opgewonde.

Die kappie oor die onsigbare geesteskop gaan heen en weer.

"Néé, Yeva, hy is nié jou seun nie. Ons albei was in een onder die naam van Sadriza gewees. So jy kan nie aanspraak maak op Lotario nie. Nie sonder my nie."

Dreigende grommende stem kom nou van die kopbeen.

"Jy was in gees, ék was in vlees. Ek waarsku jou, sou jy iets aan Lotario, of aan sy nakomeling skade rig, sal ek nie rus voordat ek jou gees vernietig het nie. Verstaan?"

Die Tallottara-gees weet om nie 'n gevaarlike booswig soos Lawakoningin Yeva ligtelik op te neem nie.

Die kappie knik.

"Hoe het dit gebeur? Lotario se seun?" vra die sagte soet stem van uit die skedel.

"Lotario en Jutta Arrabel se seun."

"Wat wil jy met Lotario se seun maak?" vra Lawakoningin Yeva.

"Hy sal in die besit wees van die mag-Rommozor, dus sal ek die mag-Rommozor in hom tot ons voordeel gebruik om 'n vreesaanjaende figuur tussen die sterre te skep."

Diep laggende grom geluid kom van die skedel.

3

Sonnestelsel Skalia

Planeet Daïer Pyre Chimini

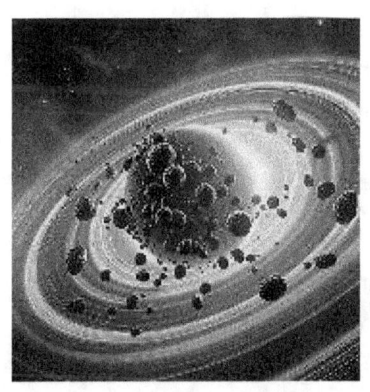

Ver ver weg van die galaksie waarin planeet Torontoro geleë is, 'n ander galaksie. Hier word sonnestelsel Skalia gevind. Sewe sonne is in 'n kring. En verder weg van die kring sonne, sweef swart rotse baie na aanmekaar. Van die rotse het alreeds binne mekaar begin kleef. Die vorming van 'n planeet.

Verder weg van die vorming van 'n planeet, 'n massiewe onbewoonde planeet met die naam van

Chukara. Die planeet is bruin met swart skeure sigbaar in die kors.

Die sewe sonne in 'n kring is duidelik sigbaar vanaf die bruin planeet Chukara.

En ver weg, baie ver weg van planeet Chukara, planeet Daïer Pyre Chimini.

Hierdie planeet was op 'n tyd sferies gewees. Daar word deur die legendes beweer dat hierdie planeet die eerste planeet in sonnestelsel Skalia was en dat hierdie planeet al eons oud was toe planeet Chukara begin vorm het. Daar het swakplekke op planeet Daïer Pyre Chimini begin ontstaan weens die ouderdom van die planeet, en daardeur het die planeet begin om te verbrokkel. Die planeet het nie heeltemal weg verbrokkel nie. Nadat al die swakplekke op die planeet weg verbrokkel het, het die planeet 'n driehoek-diamantvorm aangeneem. Daarna het lewe op planeet Daïer Pyre Chimini ontstaan. Die lewe bestaan uit verskillende mens-spesies, asook wese-spesies.

Die planeet het 'n unieke natuur en diereryk.

Die legendes beweer dat daar 'n bewys gelaat is dat planeet Daïer Pyre Chimini wel verbrokkel het en dit is die gekleurde ringe in 'n sirkelvorm reg om die planeet.

Die ringe bestaan uit meer as 'n miljoen stukkies rots en ys, wat die mees asemrowende kleure weergee wat nie met mekaar meng nie.

Planeet Daïer Pyre Chimini het 'n halwe maan en is ver weg geleë van die planeet self.

Die halwe maan het volgens die legendes, as 'n ronde maan saam met planeet Daïer Pyre Chimini ontwikkel, maar het ook saam met die planeet verbrokkel tot 'n halwe maan.

Die inboorlinge van planeet Daïer Pyre Chimini, het die maan, Lanzor gedoop.

Nader aan planeet Daïer Pyre Chimini, kan spikkels gesien word wat sterskepe en lugtuie bevestig.

Oor planeet Daïer Pyre Chimini se kors is stede verspreid. Hoë geboue strek tot diep in die wolke weg.

In een so 'n gebou, loop 'n vrou met swart loshangende krulhare 'n groot sitvertrek binne.

Haar groen-grys oë het 'n onrustige blik. Sy gaan sagkens in die sagte kussings van 'n sitbank sit.

Meteens vat hande ferm van agter om haar skouers en Jutta Arrabel gil van skrik.

Sy kyk verskrik agter haar.

Die 1,9 meter man wat agter haar staan, se helder ligblou oë rus vraend op haar. Die kastaiingbruin krulhare krul oor die man se nek heen.

Lotario loop van agter die bank om en kom reg voor Jutta staan.

"Wat gaan aan met jou deesdae?" vra Lotario besorgd.

Jutta gee 'n laggie.

"Niks ... maar net geskrik. Kan ek jou vra om vir my limaliem-sap te bring?"

Lotario het 'n woede blik.

"Hoekom is jy nie eerlik met my nie, Jutta? Wat is dit wat jou so pla?"

Lotario gaan langs Jutta op die bank sit.

Jutta vryf haar hande teenmekaar.

"Niks pla my nie, Lotario," probeer Jutta se oortuigend as moontlik te klink.

Lotario skud sy kop ergerlik.

"Dit lieg jy! Wie jou in so posisie soos nou gehad het, was Quies. En volgens wat jy aan my vertel het, het R.I.C vir Quies met sy lasers gedood. Jy het gesê, jy en R.I.C wou met my vlug as klein seuntjie, maar Quies het die sterskip binnegekom. Hy wou my dood, om my gees na planeet Raggamajos te stuur, maar R.I.C het hom net daar en dan gedood. So ek vra jou wéér, wat hinder jou so?"

Jutta kyk met 'n skuins kop na Lotario. Sy laat haar kop sak.

"Ek verwag ..."

"Verwag wat? Wat se probleme verwag jy?"

"Lotario, asseblief, ek verwag jou kind!"

Stilte heers met spanning.

Lotario is oorbluf. Hy weet nie of hy gelukkig of ongelukkig moet wees nie.

Wanneer Lotario weer na Jutta kyk, is trane in die hoeke van haar oë. Van die trane het alreeds nat spore oor haar wange gelaat.

Versigtig sit Lotario sy hand om die skouer van Jutta.

"Moet nie vrees nie, jy het niks om voor bang te wees nie. Niks dreig ons meer nie."

Jutta gaan met haar kop teen die skouer van Lotario leun.

4

Planeet Raggamajos

Helderpers blitse blits helder om die grys bewolkte planeet.

Nie ver van planeet Raggamajos nie, is drie grys mane in 'n driehoekvorm.

Omdat planeet Raggamajos permanent dig bewolk is en die son nie vanaf die planeet gesien kan word nie, is die woude van planeet Raggamajos die mees groen van alle planete.

Reëns kom in tye reg oor die planeet voor.

In 'n dig begroeide woud, 'n kasteel. Die kasteel het 'n liggrys kleur en het 'n ruwe voorkoms.

Breë torings is aan die hoeke van die kasteel geleë.

Vierkantige openinge is waar vensters diep geleë is.

Binne die kasteel verlig die vlamme in fakkels die gange. Binne 'n groot kamer, lek vlamme aan houtstompe wat binne 'n kaggel gerangskik lê.

Nie ver van die kaggel nie, kan die rugkant van 'n langhaar-figuur gesien word. Voor die langhaar-figuur wat 'n afstammeling is van 'n intellektuele Barakka spesie, sweef deursigtige gees, mag-Rommozor.

"So Quies, die tyd het aangebreek dat jy na Jutta Arrabel en Lotario moet gaan."

Quies rig sy arms na bo.

"Ek weet nie eers waar hulle hul nou bevind nie, mag-Rommozor. Nadat R.I.C, die robot, my bewusteloos gestraal het, kon ek niks onthou nie. Al wat ek kan onthou is, toe ek my oë oopmaak, was ek op planeet Raggamajos. Alleen in 'n sterskip. En nie Jutta óf Lotario, is op planeet Raggamajos nie."

"Nee, hulle is nie. En ook is hulle nie op Jutta se planeet Juwan nie. Maar hulle is op planeet Daïer Pyre Chimini, in sonnestelsel Skalia. Lotario is 'n volwasse man, maar die mag van my wat in hom is, kon Lotario op 'n manier self tem. So, sy gees is nie meer so 'n bedreiging nie."

Quies het 'n vraende blik in sy ligblou oë.

"Maar my meester, dan is dit goed dat Lotario op so 'n vergeleë planeet is. Hoekom hom nou na die magte bring?"

"Moet nie jou eie afleidings maak nie, Quies! Ek het niks genoem dat jy vir Lotario na die magte moet bring nie! Maar dat jy na Lotario moet gaan op planeet Daïer Pyre Chimini, dit moet jy doen. Jutta Arrabel weet dat jy leef, sy hét aan R.I.C die opdrag gegee, wanneer hulle die versteekte planeet Daïer Pyre Chimini bereik, hy die sterskip moet programmeer na Raggamajos, met jou daarbinne. So het Jutta gedink dat sy op dié manier Lotario van die magte sal versteek, en van my. Ek het dit so aanvaar ... tot nou. Moet my nie so aankyk of jy geen kop of stert kan uitmaak wat ek probeer verduidelik nie!"

"Maar, my meester, hoekom moet ek dan nou na Lotario op planeet Daïer Pyre Chimini gaan?"

"Omdat daar 'n groot gevaar weer gaan dreig, én die keer gaan daardie gevaar al hoe gevaarliker word, Lotario en Jutta se seun ... Arnikin. Hy gaan oor 'n dubbel mag van my besit. Om dit te vergoed dat sy vader Lotario, uit euwels die lig laat sien is. Maar die seun gaan ontembaar, wild en tog dodelik wees.

"Ek wil hê jy moet eers gaan uitvind waar op planeet Daïer Pyre Chimini, Lotario en Jutta hulle bevind. Wag dan dat Arnikin gebore word. En wanneer Arnikin 'n ouderdom van agt of nege is, stuur jy hom alleen na Raggamajos. Maar hy moet vergesel word deur die robot R.I.C."

5

Planeet Daïer Pyre Chimini

Verloop van seisoene waarvan planeet Daïer Pyre Chimini nie 'n winterseisoen het nie.

Die helder ligblou oë van die baba staar voor hom uit waar hy in kombers toegedraai lê.

'n Gesig is voor die helder ligblou oë.

Die gesig het groen-grys oë en swart loshangende krulhare hang oor die skouers verspreid.

"Arnikin, ek is so gelukkig oor jou," sê Jutta.

Baba-Arnikin kommunikeer telepaties so asof hy praat.

"Waar is Vader?"

"Hy slaap, maar ek kon nie en het dus na jou gekom."

"Jy bekommer jou oor iets," maak baba-Arnikin sy afleiding.

Jutta skud haar kop. "Dit is sommer niks."

"Ek weet jy jok. Ek is baie belangrik vir die sterre, soos my vader Lotario is. Ons albei besit die mag-Rommozor ... ek dubbel."

Jutta skrik. Die mag-Rommozor? Nie haar seun ook nie.

Sy het juis Lotario op planeet Daïer Pyre Chimini versteek van mag-Rommozor en die magte.

"Arnikin, jy is jouself. Daar is nie nog 'n mag nie."

"Hoekom word ek dan dopgehou? Jy weet niks van die magte nie, nog minder van mag-Rommozor. Ek verkeer in gevaar. Daar is bose magte wat my in hul besit wil hê."

Jutta sit haar hand op die bors van baba-Arnikin neer.

"Niemand sal jou leed aan doen nie, Arnikin, nie terwyl ek daar is nie."

Die helder ligblou baba oë is op skrefies.

"Dit is nie vir jou om te besluit nie. En ek kan myself beskerm. Ek het jou nie nodig nie."

Jutta voel hoe die bloed uit haar gesig dreineer. Sy besef dat Arnikin op dieselfde weg is as Lotario.

Planeet Torontoro

Verloop van jare

Dit is nag oor die gedeelte van planeet Torontoro.

Sterre skitter en met die tjir van insekte vorm dit 'n harmonie.

Die beligting van die stede in die woestyn-agtige planeet, het 'n bedrieglike lugspieëling, as gevolg van die hoë hittegolwe.

In 'n woning van klip is twee swart klede.

Die klede word helder belig deur skerp beligting van die dak en die mure afkomstig is.

Die skedel se lang breë slagtande is duidelik sigbaar in die swart kappie se opening. Alhoewel daar nie vlees in die oogkasse is nie, kan afgelei word dat die skedel in 'n rigting kyk. En die skedel is gerig op 'n kleed wat sweef.

Daar is geen ledemate in die openinge van die swart kleed nie. Dus is die kleeddraer 'n gees.

Wanneer 'n stem van die skedel afkomstig is, is dit 'n grommende stem.

"Ek het genoeg gewag! Ek soek Arnikin hier!" sê Lawakoningin Yeva woedend.

"Jy sal nog langer moet wag, Yeva! Ek werk volgens my plan en dit kan nie versnel word nie," sê die Tallottara-gees.

"Arnikin is alreeds nege. Jy het aan my gesê, jy wag totdat hy in 'n seunsliggaam ontwikkel het en nou het hy!"

Die kleed se mou wat se binnekant swart is, is gerig op Lawakoningin Yeva.

"Jy gaan nie deur jou haastigheid my planne op 'n ramp laat afstuur nie. Maar ek deel met jou in een van my planne ... Drako!"

Voetstappe word van buite gehoor en 'n mensfiguur stap die woning van buite af binne.

Die man is oor die twee meter lank. Geelblond hare is agter sy kop vasgebind. 'n Snor loop met die bo-lip langs en met die mondhoeke af waar die punte in 'n baard vorm.

Sonder vrees kyk Drako Merzer na die skedel van Lawakoningin Yeva, voordat sy oë op die kleed van die Tallottara-gees rus.

"Is jy voorbereid om met die opleiding met Arnikin Arrabel te begin?" vra die Tallottara-gees.

Drako voer 'n buiging uit respekte.

"Ja, my heer. Ek het alreeds die planete opgetrek waar ek sy opleiding gaan gee."

Die Tallottara-gees se kappie opening is gerig op Lawakoningin Yeva.

167

"Nou, Lawakoningin Yeva, gaan ek deur my gees, die dubbel mag-Rommozor wat in Arnikin heers, tot buite beheer bring. Én Drako, berei jou voor, jy gaan gouer met Arnikin te doen kry as wat dit beplan is en onthou, hy is dodelik gevaarlik."

Sonnestelsel Skalia

Planeet Daïer Pyre Chimini

Sonnestelsel Skalia se sewe sonne brand warm op die driehoek-diamantvormige planeet neer.

Iewers op die planeet word gillende opgewonde stemme van kinders gehoor. Die kinders onder andere mens- en wese-spesies staan in 'n kring.

Twee klein figure is in die middel van die kring.

Wanneer gedempte slaan geluide opklink, struikel 'n mens-seuntjie van nege, maar herwin sy balans. Bloed is onder die neus en bloed kleef aan sy mondhoeke.

Die seun se helder ligblou oë is glurend en uitdagend.

Die gladde bruin hare het sonstrepe.

Hy kyk die ander wese-kind uitdagend aan.

Die wese-kind het 'n grys-blokkerige vel en geel kleurige ovaalvormige oë. Die wese-kind staan met sy vuiste gebaal. Die wese-kind is effens langer as die seun.

Die seun vee met die agterkant van sy hand die bloed onder sy neus af.

Die kinders begin om die naam, "Kabur" te gil en por so die wese-kind aan.

Meteens storm die seun en lê sy vuiste in. Dowwe gedempte houe klink op soos die seun vir Kabur in die lyf slaan.

Kabur slaan met sy vuiste terug en harder gedempte houe klink op.

Die seun val op die grond neer en skuif 'n ent.

Meer bloed is aan die gesig.

Die seun het 'n kwaaier gluur, maar staan stadig op. Die seun maak weer sy vuiste, maar dit is asof meer kragte in die seun begin golf.

Weer storm die seun.

Weer is die gegil van die kinders en die naam, "Kabur" klink op.

Baie harder houe is van die seun soos hy verwoed slaan.

Kabur vou vooroor en na die kante soos die vuishoue van die seun 'n inpak het. Van die houe tref Kabur in die gesig en donkerrooi-bruin bloed sprei na die kante.

Meteens daal 'n stilte oor die kinders neer. Hulle sien hoe Kabur se klere bloed besmeerd word. Maar die seun slaan net harder en aanhoudend. Hy word nie eens moeg nie.

Groot hande gryp aan die seun se klere en hy word na agter gepluk en so van Kabur weggeruk.

Lotario se oë is woedend op sy seun Arnikin gerig.

"Arnikin, hou op! Hou op!" gil 'n woedende Lotario.

Die kinders spartel uit die kring en nael in rigtings heen.

Die bebloede Kabur gluur vir Arnikin uitdagend aan.

Arnikin se helder ligblou oë is starend van woede.

"Jy het 'n redder gehad, Arnikin Arrabel, jou hamel, maar ek sal jou kry!"

Arnikin beur vorentoe en probeer om uit die hande te wikkel.

"Hier is ek, toe kom!"

Die hande van Lotario pluk Arnikin tot agter sy groot liggaam in. "Hou op! Kabur, laat jy gaan!"

Kabur wys sy hand se een vinger na Lotario.

"Jou ou seuntjie gaan ek nog pap slaan, hoor jy dit? Arnikin ... jou frikkadelballetjie!"

Arnikin spring met baie krag van agter die rug uit vorentoe en is so die hande uit van Lotario.

170

'n Vuishou tref vir Kabur onder die kakebeen en hy kom vallende op sy rug te lande.

Maar die hande van Lotario, het weer vir Arnikin aan die klere beet en Arnikin word aan die klere gedra terwyl daar geloop word.

Arnikin gil uit woede terwyl Lotario hom dra. Die gille laat nuuskieriges uit winkels en wooneenhede kyk na die skreeuende kind. Hoe verder Lotario vir Arnikin dra, word die gille stiller.

Die Barakka Quies, tree weer die winkel terug waar sy ligblou oë die insident van Arnikin dopgehou het.

Jutta Arrabel swaai om waar sy in die kombuis doenig is. Sy hoor hoe 'n manstem en 'n seunstem argumenteer.

Sy loop na die sit-eenheid en vind Lotario en Arnikin regoor mekaar staan.

Arnikin is rooi in die gesig van woede.

"Ek het jou nie nodig om my op te pas nie!"

"Arnikin, moet nie so met jou vader praat nie!" berispe Jutta haar seun.

Arnikin se helder ligblou oë is op skrefies, terwyl hy in Jutta se groen-grys oë gluur.

"Hierdie saak het nie jou opinie nodig nie!"

"Arnikin!" begin Lotario en woede blits uit sy helder ligblou oë. "Gaan na jou kamer … Nou!"

Met die bevel, kom 'n beweging die sit-eenheid binne.

Al drie word weerspieël in die kwiksilweragtige metaal liggaam van R.I.C.

171

"Kan ek van bystand wees?" vra R.I.C, die Robot-Intelligente-Cyborg.

Arnikin stamp R.I.C uit sy pad.

"Gaan na 'n skrootwerf en wees daar van nut."

R.I.C se rooi-gloeiende sensors is op Jutta en Lotario gerig.

'n Harde slag word gehoor soos Arnikin die kamerdeur toeslaan.

6

In 'n kamer kyk Jutta angswekkend na Lotario waar sy op 'n bed sit.

"Wanneer het hy so geword, Lotario?"

Lotario se oë ontwyk die oë van Jutta.

"Ek het antwoorde, maar ek is te bang om hulle te noem."

"Help jou seun dan om die mag-Rommozor te tem."

"Hoe? Ek kan nie eers die mag-Rommozor in my behoorlik tem nie! Jy moes destyds laat Quies my na planeet Raggamajos geneem het!"

Jutta het 'n verwarde blik.

"Hulle sou jou dood! Jy was 'n klein seuntjie. Jy was weerloos. Ek erken, toe jy begin ouer word het en 'n man se liggaam ontwikkel het, het ek my kop verloor, maar Arnikin is nou daar, jou seun."

"En Arnikin is soos ek, toe ek sy ouderdom was, gevaarlik. Jy staar jou blind teen die kleine kind-liggaam. Ek is bevrees, ons sal die magte op planeet Raggamajos moet laat weet van Arnikin."

Jutta staan van die bed af op.

"Néé, Lotario! Asseblief nooit! Hulle kan my seun dood!"

Lotario laat sy kop sak.

"Hy is nie jou seun nie. Solank as Arnikin se gees in kontak is met mag-Rommozor behoort hy aan die magte van planeet Raggamajos."

Trane blink in die groen-grys oë van Jutta.

"Asseblief, Lotario, ek sal enige iets doen! Ons seun kan nie na die magte van planeet Raggamajos gaan nie!"

Die sewe sonne van sonnestelsel Skalia het die driehoek-diamantvormige planeet Daïer Pyre Chimini aan die helfte verlig.

Die ander helfte is van donker tot swart.

173

Die sonne se daglig bring bedrywighede in die stad voor.

In 'n wooneenheid en aan die kombuistafel sit Jutta en kyk hoe haar seun, Arnikin, ontbyt uit 'n bakkie eet. Dit is 'n mooi seun, maar die magte gaan hom nié dood nie, en nie een gaan haar oorreed nie.

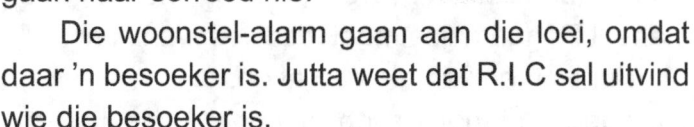

Die woonstel-alarm gaan aan die loei, omdat daar 'n besoeker is. Jutta weet dat R.I.C sal uitvind wie die besoeker is.

Die deurskuif oop en die rooi-gloeiende sensors van R.I.C verhelder wanneer 'n lang grys haarbedekte Barakka in die opening staan.

R.I.C bring sy kwiksilweragtige hand na bo, met die vingers op die liggaam gerig.

Quies vat ferm aan die hand en dwing dit na benede.

"As ek jy is, laat my toe om te help voordat Arnikin in vlees gedood sal móét word."

Jutta het angs in haar oë terwyl sy na Quies kyk.

Ook wie vir Quies kyk, is Lotario.

R.I.C is doenig met Arnikin iewers in die wooneenheid.

"Jy lieg dit, Quies," sê Jutta ontsteld.

Quies skud sy kop.

"Ek het nie rede om te lieg nie, Jutta. Arnikin sal nie deur die magte op planeet Raggamajos in vlees gedood word nie. Maar hul sal die dubbel mag-Rommozor in hom tem. Arnikin sal dan nie as 'n bedreiging voorkom nie."

"Die magte wou dan vir Lotario vernietig," beskuldig Jutta.

"Néé, hulle sou nie. Die magte sou net die vleeslike liggaam gedood het. Daar sou later weer 'n vleeslike liggaam vir Lotario gevorm het. Dit word gedoen om bloed oor 'n gees te smeer. Maar jy het alles gekompliseer, Jutta! Arnikin moes nooit gebore gewees het nie. Al het jy hom geregistreer as 'n planeet Daïer Pyre Chimini spesie, en hom op jou van, Arrabel, geregistreer." Quies vou haarbedekte hande se vingers in mekaar.

"Maar nou gaan julle na my luister. Hoe gouer die dubbel mag-Rommozor in Arnikin getemper word, hoe gouer kan almal 'n normale lewe voortsit op enige planeet."

Jutta leun vooroor.

"Ek gaan nie my seun alleen saam met jou stuur na planeet Raggamajos nie. Ek gaan saam."

Quies skud sy kop.

"Jy mag nie. Dit is teen die wette van die raad van die magte."

Jutta staan op.

"Jammer, Quies, ek het ook my wette, as ek bly sal Arnikin bly."

Jutta stap weg.

Quies sak neer op die bank met 'n sug wat volg.

Lotario kyk lank na Quies. "Neem my dan na planeet Raggamajos miskien kan daardeur met my gewerk word tot Arnikin."

"Nee," antwoord Quies kras.

"Hoekom nie?"

"Jy is te oud om die mag-Rommozor binne jou te tem en die magte sien jou as doodsgevaarlik."

Lotario het 'n uitdagende gluur. "Jy en die magte bly 'n bedreiging!

7

Dae later

'n Woedende kind se gille word gehoor. Goed wat gegooi word en daarna breek, word gehoor. Die kamerdeur word oop gestoot en Jutta storm die kamer binne. Sy is eers verslae, voordat die werklikheid tot haar deurdring. R.I.C het kosstukke wat teenaan sy kwiksilweragtige lyf gegooi is. Stukke van 'n geel glasbord lê oor die vloer verspreid.

"Arnikin, wat gaan hier aan?"

"Hierdie robot laat my nooit wen nie!"

Jutta kyk na 'n holografiese skerm wat 'wenner' flikker en 'n gejuig oor 'n luidspreker word gehoor.

"Ek is jammer, Arnikin, dit is die reëls van die speletjie. Ek het regverdig gewen," probeer R.I.C om te verduidelik.

"Hou jou blik-snater, jou blikkop gemors!"

"Arnikin!" reageer Jutta skerp.

Dit word donker in die kamer soos Quies die kamer binne kom.

Meteens ontmoet Quies se ligblou oë die helder ligblou oë van Arnikin.

"Wat soek jy in my kamer, jou lopende tapyt?"

Quies bly in die oë van Arnikin kyk.

'n Rooi gloed vorm oor die wange van Arnikin.

"Wat kyk jy? Wat wil jy sien? Moet ek jou wys?"

Hy rig sy hand met sy vingers verspreid op Quies.

Meteens verskiet helderpers strale die vingerpunte uit en tref die pels van Quies. Dit is asof die pels ontplof in 'n vlammewolk.

Die gebeure het ook vir Arnikin laat skrik en hy spring agteruit.

R.I.C se metaalvingers is voor hom en water sproei vanuit die vingerpunte. Die sproei ontaard in 'n waterwolk en die waterwolk wolk oor die brandende pels van Quies. So word die vlamme geblus.

"Ek verstaan nou hoekom my model watertenks ingesluit het," sê R.I.C.

8

Lotario en Jutta se oë is gerig op die pienk vel van Quies met rou sere waar die hare weggeskroei is.

"Ons stem in," begin Jutta, "maar ek dink ek moet saamkom na planeet Raggamajos."

Quies skud sy kop beslis.

"Néé, jy kan nie! Jy het dit alreeds moeilik gemaak soos dit is. Maar daar is 'n ander aspek, nie ek of enige een behalwe R.I.C gaan saam met Arnikin nie."

"Ek verbied dit ..."

Jutta word kwaai in die rede geval deur Quies.

"Jy sal hierdie besluitneming deur mag-Rommozor aanvaar, Jutta! Arnikin is gevaarlik en hy kan 'n lewe dood. R.I.C is ons enigste uitweg, want sou Arnikin 'n lewe dood, gaan die magte onder leiding van mag-Rommozor hom hier kom dood, en dit beteken sy gees word verwerp. Én ek beloof aan jou dit, Jutta, jy sal dit aanskou ook!"

Lotario sit sy arm beskermd om die skouer van Jutta.

"Laat Arnikin gaan, Jutta," sê hy skor.

Planeet Torontoro

Die lang slagtande wat by die kappie se opening uitsteek, is gerig op die kleed wat sweef waarvan geen ledemate sigbaar is nie.

Die kappie se opening waarvan geen gesig te siene is nie, is weer gerig op 'n man met geelblond hare.

Langs die man staan 'n dogter van ongeveer elf met loshangende heldergeel-blond hare. Haar hare se punte raak aan die enkels van haar stewels.

Sy het 'n twee-stuk kleredrag aan met 'n skede wat om haar middel gebind is. Twee sekelvormige lemme is binne die skede.

Haar skerphoekige groen oë staar vreesloos oor beide klede.

"Arnikin is binnekort op ster na planeet Raggamajos," begin 'n diep stem vanuit die kleed waar daar net 'n opening is. Dit die Tallottara-gees. "Jy weet wat om te doen, Drako. Alles is alreeds vir jou uitgewerk." sê die Tallottara-gees verder.

Drako buig uit respek en met die orent kom wys Drako na die dogter wat langs hom staan. "My dogter, Balanka Merzer, het alreeds die opleiding deurgemaak wat ek aan Arnikin gaan gee. Sy sal my ondersteun."

'n Sagte meisiestem is vanuit die skedel.

"Julle moet vertrek en sorg dat alles soos plan verloop," sê Lawakoningin Yeva en meteens is daar 'n brullende-grommende stem van die skedel.

"Moet nie huiwer nie. Arnikin is die begin van 'n heerskappy na al die regeerbare planete."

Drako en Balanka buig uit respekte en stap die vertrek uit.

Planeet Daïer Pyre Chimini

Dit is nag oor die gedeelte van die driehoek-diamant planeet waar die wooneenheid van Lotario en Jutta Arrabel is.

Binne 'n kamer kyk Jutta na die seunsgesig wat na haar staar waar Arnikin op die bed lê met sy pajamas aan.

181

Die helder ligblou oë het 'n weerlose blik en dit raak aan die hart van Jutta.

Sy sit 'n glas gevul met groen-geel melk op die bedkassie neer.

Sy strek haar na die voete van Arnikin en ontvou 'n laken en sprei dit tot oor die liggaam van die tingerige seuntjie.

"Mamma, vertel aan my 'n storie, asseblief."

Jutta sluk om die knop uit haar keel te kry.

"Wag eers met die storie ..."

Jutta bring 'n klein vierkantige voorwerp te voorskyn. Wanneer sy die voorwerp met gekleurde toutjies wat uit wit, pienk, blou en swart bestaan laat hang, sien Arnikin dit is 'n steen.

Jutta plaas die toutjies om die nek van Arnikin. Wanneer 'n plat vierkantige swart deursigtige steen op die bors van Arnikin lê, lig hy dit met sy vingers op om dit van naby te aanskou.

Die steen het driedimensionele kleure binne. Die kleure is 'n groen-blou strook, gevolg deur 'n pienk-pers strook, gevolg deur 'n donkerpers strook, gevolg deur gemengde groen, pers en blou kleure.

"Arnikin, hierdie steen verteenwoordig al die planete en mane in sonnestelsel Maximos waar ek vandaan kom. Hierdie steen haal jy nooit van jou nek af nie, wat ook al met jou gebeur... Beloof my!"

Arnikin knik terwyl hy die driedimensionele kleure van die steen bewonder.

Jutta neem die glas van die bedkassie en hou die glas met die groen-geel melk uit na Arnikin.

"Terwyl jy jou gunsteling koakatil-melk drink, vertel ek aan jou 'n storie."

Arnikin neem die glas uit die hand van Jutta.

"Van drake en monsters!" gil Arnikin opgewonde.

Buite die kamer staan Lotario, Quies en R.I.C.

Hul hoor hoe die stem van Jutta met 'n storie begin.

Lotario kyk na Quies.

"Onthou, ten spyte van my en alles wat ek gedoen het, Arnikin, is my seun in vlees asook gees," fluister Lotario.

Quies knik met sy kop.

"Ek wou jou nie voorheen gesê het nie, Lotario. Ek het dit opgemaak, die magte sien jou nie meer as 'n bedreiging nie, omdat jyself die mag-Rommozor kon tem. Maar die probleem is, Arnikin, hy het 'n dubbel mag-Rommozor."

Lotario skud sy kop.

"Ek verstaan dit nie. Rommozor het in vlees die dood oor die gevaarlikste skepsel in die sterre gebring, Charaster. Nou dié wat die mag-Rommozor in besit het, eers ek, nou Arnikin, word as 'n gevaarlike vyand gesien deur die einste magte wat die mag-Rommozor voorsien."

"Omdat Rommozor se mag juis so sterk is, veg dit beheersing om die mag te tem. Selfs ek verstaan dit nie, maar weet dat 'n helde mag wat onbeheerbaar is, gevaarliker kan word as die mees booswigtigste magte van die sterre."

Meteens verskyn Jutta voor die drie. Haar oë is rooi gehuil.

"Die slaapmiddel het vinnig gewerk, hy slaap vas en ek het hom gegroet."

Quies se harige hand, rus op die skouer van Jutta.

"Hy sal terugkeer na jou as 'n volkome onskadelike seuntjie."

Jutta gluur na Quies. "Kan jy dit beloof, Quies?"

Quies wil praat, maar Jutta se hande is om die kakebeen van Quies.

"Moet nie beloftes maak wat nie nagekom kan word nie."

Jutta stap na haar kamer en 'n deur wat toegetrek word, word gehoor.

Quies kyk na R.I.C. "Julle moet dadelik styg na planeet Raggamajos. Mag-Rommozor wag op julle."

"Ek sal self my seun dra na die sterskip," sê Lotario.

Quies knik met sy kop.

EPISODE 5

Die Donker Kant Van Die Magte

1

Die sterskip versnel teen duiselingwekkende snelheid van hiper ligspoed. Weens dié hoë spoed het beskermingsplate oor die brug se vensters geskuif.

Binne die brug wys verskillende skerms grafieke en hologram-projektors hologram-beelde van galaksies en planete. Ook in die brug staan R.I.C en sy rooigloeiende sensors is op 'n slapende seun, Arnikin, gerig waar hy op die bank lê.

R.I.C draai om en tree 'n paar treë terug. Voor R.I.C staan 'n deursigtige manlike-gees met geel-blonde hare.

Die man rig sy vingers na R.I.C, maar R.I.C het alreeds sy vingers na die manlike-gees gerig. Helderoranje strale straal die silwer metaalvingerpunte uit, maar gaan regdeur die gees.

Uit die vingerpunte van die gees, straal vyf helderpers strale na die silwer liggaam van R.I.C. Sodra die strale die kwiksilweragtige metaalliggaam tref, word R.I.C na agteroor geslinger. Die kwiksilweragtige liggaam skuur op die rug oor die vloer heen met helderoranje vonke wat versprei.

Wanneer R.I.C orent kom, staan nog 'n deursigtige geestelike liggaam in die brug, dié van 'n heldergeel-blondekopdogter. Haar heldergeel-blond hare raak aan die enkels van haar stewels.

Sy loop na die slapende seun, maar R.I.C se vingers is op haar gerig. Wanneer helderoranje strale uit die vingers van R.I.C straal, gaan die strale, net soos met die manlike-gees, regdeur die dogter se geestelike liggaam.

Sy swaai om, pluk sekelvormige lemme uit 'n skede. Alhoewel die liggaam deursigtig is, is die wapens eg en solied en lyk dus driedimensioneel.

Met vinnige handbewegings is 'n opvoubare steel in haar hande wat die sekellemme verbind.

Die dogter maak nog bewegings met haar hande en die steel ontvou in 'n lang reguit steel met die sekellemme aan die punte. Meteens word die steel onsigbaar deur die hande geroteer, sodat die sekellemme silwer strepe maak met wind en kap geluide wat van die lemme afkomstig is.

Terwyl die sekellemwapen geroteer word, spring die geestelike dogter die lug in op gooi haar liggaam bollemakiesie en wanneer sy afkom is sy reg voor R.I.C.

Die onsigbare sekellemme waarvan net silwer strepe gesien kan word, kap moeiteloos deur die kwiksilweragtige metaal liggaam. Die kop, bo-lyf, arms en bene van R.I.C word regoor die brug versprei.

Net so vinnig staak die rotasie en die geestelike hande werk vinnig aan die steel en dit word opgevou. Die sekellemme is teenaan mekaar en word terug in die skede gesit.

Uit die dele van R.I.C loop rooi hidrouliese vloeistowwe. Die helderrooi gloeiende sensors is swart, weens dat R.I.C nie meer funksioneer nie.

Wanneer die geestelike dogter na die manlike-gees kyk, werk hy alreeds aan die navigasie-eenheid.

'n Stem word van die rekenaar gehoor; "Bestemming – Sonnestelsel Maximos ... maan Makalani."

Wanneer die manlike-gees na die geestelike dogter kyk het hy 'n tevrede grinnik.

"Kom, Balanka, ons stuur ons geeste terug na maan Makalani, waar ons vir Arnikin sal inwag in ons vleeslike liggame."

Balanka se geestesliggaam loop na die bank waarop die seun slaap. "Hy is pragtig." Sy raak met haar geestelike vingers aan Arnikin se sagte slapende gesig.

"Jy gaan baie te doen kry met Arnikin, Balanka. Dus waarsku ek jou, hy is uiters gevaarlik en gaan nie maklik getem word nie, bygesê as hy getem gáán word. Dit alles so reg in die hande van die Tallottara-gees en Lawakoningin Yeva."

2

Sonnestelsel Maximos

Sonnestelsel Maximos ... een van die mees asemrowende sonnestelsels in die heelal.

Twaalf Planete en twaalf mane, gerangskik om een reuse planeet met die naam van Tushhan, wat ook die dertiende planeet uitmaak in sonnestelsel Maximos.

Weens dat die planete wentel en roteer in hul wentelbane, het die vier sonne lig laat skyn op een helftes van die planete en die ander helftes is donker tot swart.

Spikkels is duidelik tussen die planete en mane sigbaar wat ruimteskepe, sterskepe en vreemde vlieënde voorwerpe is.

'n Sterskip verminder spoed en is so uit die spoed van lig. Die sterskip ster tussen twee sonne deur.

Die helder kleurige planeet Tushhan is groot voor die sterskip. Soos die sterskip weg ster van die sonne, kan die ander planete gesien word.

Die stuuroutomaat van die sterskip, loods die sterskip na een van die mane, wat nou regoor die massiewe groot planeet Tushhan is.

Maan Makalani word al hoe groter hoe nader die sterskip aan die maan vaar.

Ongemerk deur die ander verkeer van sterskepe, vreemde vlieënde voorwerpe en lugtuie, vaar die sterskip die atmosfeer van maan Makalani binne.

Wit-grys wolke omsingel die sterskip en wanneer die sterskip deur die wolke is, is 'n asemrowende toneel voor die sterskip. Hoë kranse, heuwels en dale het skakerings van blou. Watervalle in wit stroke is vanaf hoërige kranse.

Wolke en miswolke is soos 'n kombers tussen die kranse heen versprei.

Die sterskip verander van koers en vaar vreesaanjaend teen die steiltes van 'n hoë krans op. Wanneer die sterskip die kruin van die krans bereik, is reguit vlaktes voor die sterskip.

Aan die kante van die sterskip is nog hoër kranse wie se spitse in hoë skerp gedeeltes eindig. Twee swart langwerpige vorms neem vorm aan, en hoe verder die sterskip oor die reguit vlaktes vaar, kan die swart vorms uitgemaak word as geboue. Wit beligting asook gekleurd word duidelik in die geboue waargeneem.

'n Dik mistige wolk hang swaar tussen die swart geboue deur.

Die sterskip verander weer van koers en vaar, nou stadiger, op een van die geboue af. 'n Opening is nou voor die sterskip en alhoewel die sterskip groot is, is die opening hoog en breed.

Die sterskip sweef die opening binne en helder beligting verlig die area om die sterskip.

'n Landingstoestel vorm die sterskip uit en die sterskip gaan met die landingstoestel op 'n metaal blad land. Die masjinerie van die sterskip word stil na 'n hoë fluit geluid.

Twee figure is voor die sterskip, 'n man en 'n dogter.

Drako loop na die sterskip en gaan onder die boeg staan. Hy maak 'n beweging met sy hand en 'n gedeelte van die boeg sak met 'n harde hum geluid na onder. Sodra die gedeelte as 'n loopbrug gevorm het, begin Drako die met loopbrug opstap met Balanka wat hom volg …

Arnikin se helder ligblou oë sper knip-knip oop.

Hy vryf moeg oor sy ooglede en kyk nou verward en vraend om hom heen. Hy sien hy is in 'n kamer en is bo-op 'n bed met net sy pajama broek aan. Hy kyk vinnig af en sien die vierkantige swart steen bo-op sy borskas lê.

"Dit is pragtig," sê 'n stem meteens langs Arnikin.

Hy kyk verskrik en verbaas links van hom. Sy oë rek vir die heldergeel-blond hare van die dogter. Sy oë beweeg oor haar twee-stuk kleredrag.

Hy kyk in die skerphoekige groen oë.

Balanka se hand vou oor die steen, maar 'n seunshand gryp haar om die pols, sodat Balanka 'n pyn uitdrukking oor haar gesig kry.

Arnikin ruk Balanka se hand weg van die steen.

"Hou jou hande vir jouself!" sê Arnikin kort af.

Balanka wil reageer, maar 'n stem is meteens regs van Arnikin.

Die stem behoort aan Drako.

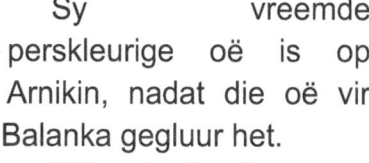

Sy vreemde perskleurige oë is op Arnikin, nadat die oë vir Balanka gegluur het.

"Ek herhaal weer, Balanka, beteuel jou woede."

Die woedende rooi gloede oor die wange van Balanka verdwyn.

"Waar is R.I.C? Ek wil teruggaan na my mamma!" sê Arnikin.

Die diep stem van Drako praat kalmerend. "R.I.C was dit jou robot se naam gewees?"

"My mamma het my gehipnotiseer, terwyl sy aan my 'n storie vertel het. Ek sal op planeet Raggamajos wees en sal te doen kry met mag-Rommozor. Hy sal die dubbel mag-Rommozor binne my tem en daarna sal R.I.C my terugneem na planeet Daïer Pyre Chimini, in sonnestelsel Skalia, waar my mamma vir my sal wag. Is ek op planeet Raggamajos?"

Drako knik. "Wel, dit sou, maar 'n verandering het intussen gebeur. Jy is op 'n maan met die naam van Makalani in sonnestelsel Maximos én … O ja, jy gaan te doen kry met mag-Rommozor wanneer jy hom gaan vernietig."

"Wat?!" Arnikin lig hom op met sy elmboë en het 'n verbaasde blik.

"Arnikin het jy al gehoor van die, Tallottaragees en Lawakoningin Yeva?" vra Drako.

Meteens en verbouereerd sit Arnikin sy hande oor sy ore.

"Stop! Hulle is 'n groot gevaar vir sterre en planete! Ek...ek mag nie in hulle teenwoordigheid wees nie! Help, die stemme maak my mal! Ek moet vlug … R.I.C!"

Drako pluk-gryp Arnikin onder die arms en pluk hom van die bed af op.

Arnikin se gille weerklink en ego oor gange heen.

Drako verwissel hande en het nou vir Arnikin onder aan die ken beet met die een hand, terwyl sy ander hand by een van sy kleredrag se sakke weg glip. Wanneer die hand weer te voorskyn kom, is 'n swart item in die hand. Hy druk die swart item teen die boud van die skreeuende Arnikin.

'n Spuit geluid word gehoor soos vloeistof binne die boud gespuit word. Arnikin word slap en Drako gooi die slap liggaam op die bed neer.

Sy oë is verwilderd op die van Balanka gerig.

"Die dubbel mag-Rommozor is te oorheersend in hom en my instinkte waarsku my, Arnikin gaan 'n bedreiging vir die Donkermag word. Balanka, my instink stel voor, Arnikin moet vernietig word soos in nou!"

3

Sonnestelsel Skalia

Planeet Daïer Pyre Chimini

Lotario se oë is gerek, terwyl hy met 'n angs-blik na Quies kyk. "Hoe het dit gebeur Quies?"

Quies skud sy kop verslae. "Ek...ek ... wel ... weet nie ..."

"Quies! My seun is ontvoer en jy stotter! Ek waarsku aan jou dit: As my seun gedood word sal jy en jou magte-maatjies, 'n groter vyand hê as wat julle jul ooit kan voorstel ... naamlik ek!" Lotario is buite homself van woede.

"Jy is alreeds weer 'n vyand, Lotario! Dit wys net weer, die mag-Rommozor laat hom nie tem nie. Ek weet nie hoe te werk gegaan is nie, maar die Tallottara-gees en die Lawakoningin Yeva is betrokke! Die mag-bode het net genoem dat die sterskip met Arnikin gekaap is en dat alle verbinding met R.I.C verbreek is, wat beteken dat R.I.C vernietig is. Die magte voel nog die dubbel-mag-Rommozor met Arnikin se gees aan. So dus, tot nou, is Arnikin lewend. Maar deur die manipulasie van die Donkermag word die magte

195

geblok om Arnikin op 'n planeet in 'n sonnestelsel aan te voel."

"En veilig? Is my seun veilig?" word 'n hartseer vrouestem agter Quies gehoor.

Quies swaai om en die wit geskokte gesig van Jutta is voor hom.

"Ek was onder die indruk jy het gegaan na die meer, om daar te gaan rus om so oor Arnikin te kom." sê Quies.

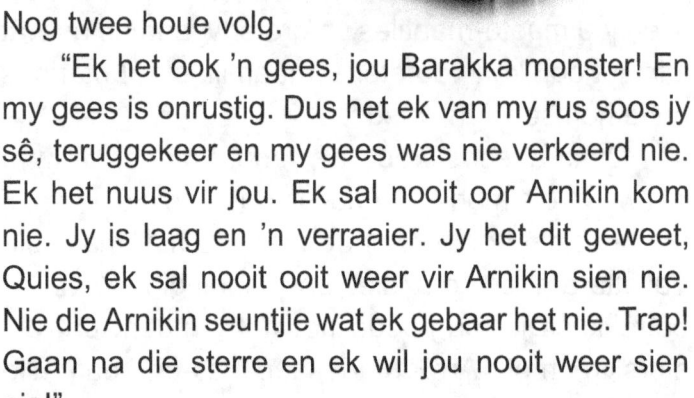

'n Plathand slaan vir Quies op sy Barakka kakebeen. Nog twee houe volg.

"Ek het ook 'n gees, jou Barakka monster! En my gees is onrustig. Dus het ek van my rus soos jy sê, teruggekeer en my gees was nie verkeerd nie. Ek het nuus vir jou. Ek sal nooit oor Arnikin kom nie. Jy is laag en 'n verraaier. Jy het dit geweet, Quies, ek sal nooit ooit weer vir Arnikin sien nie. Nie die Arnikin seuntjie wat ek gebaar het nie. Trap! Gaan na die sterre en ek wil jou nooit weer sien nie!"

"Arnikin was nie vir julle beskore nie," sê Quies met 'n lae stem.

"Jy het Jutta gehoor ..." is die dreigende skor stem van Lotario.

Jutta tree dreigend nader aan Quies.

"Sê my, Quies, jou gees kan mos lewe, hoe gering ook al, aanvoel. Maar ek spaar jou die moeite ek verwag wéér, maar dié keer sal ek jou moor as jy ooit weer jou harige pote naby my waag."

Quies is effens uitasem van verslaentheid.

"Julle maak dit al hoe moeiliker en ingewikkelder! Nog 'n kind met die mag-Rommozor, dalk 'n dubbele mag! Julle sal dit nie kan weerhou van die Tallottara-gees en die Donkermag nie!"

Jutta staan dreigend nader.

"Jy is van jou hare kwyt te danke aan my seun, Arnikin, maar gaan eerder na planeet Raggamajos en bly daar!"

Jutta gluur Quies met haat in haar oë aan.

Quies draai om en stap die woon-eenheid uit.

Droë snikke gaan deur die liggaam van Jutta en Lotario druk haar teen hom vas ...

EPISODE 6

Van Rebelsgesindheid Tot Moord

1

Sonnestelsel Maximos

Maan Makalani

Twee swart klede is voor 'n twee meter man met geel-blond hare wat agter sy rug oor sy rowwe materiaal kleredrag vasgemaak is.

'n Snor loop oor die bo-lip en met die mondhoeke langs tot waar die punte aan die baard raak. Drako Merzer se vreemde pers oë is glurend voor hom. Langs Drako staan 'n dogter met heldergeel-blond hare.

Balanka Merzer se skerp hoekige groen oë is op die kappie-openinge van beide klede gerig.

Haar oë is nou vir 'n oomblik gerig op haar twee stuk kleredrag, met 'n skede waarin twee sekellemme sigbaar is.

'n Sagte meisiestem is van 'n kleed se kappie en beide Drako en Balanka se oë is op die kappie se opening gerig. Wat eerste gesien word is lang wit-geel slagtande wat deel vorm van 'n bruin skedel.

Gate is reg in die middel van die skedel asook aan die kante.

"Arnikin is die troefkaart vir wat daar mee bereik gaan word. Dit is van uiterste belang dat Arnikin tot die uiterste van wreedheid in aanraking moet kom," sê Lawakoningin Yeva.

Drako buig in respekte.

"Vergeef my, Lawakoningin Yeva, maar Arnikin is nie die regte kandidaat vir wat daar bereik gaan word nie. Arnikin se gees is onstabiel en met die dubbele mag-Rommozor wat in hom heers, kan Arnikin selfs vir u én die Tallottara-gees 'n bedreiging wees."

'n Stem is van die opening van die kappie waar daar geen vlees is nie dus, is dit 'n gees ... die Tallottara-gees.

"Arnikin is die regte kandidaat, Drako. Ek sal die dubbel mag-Rommozor manipuleer soos ek alreeds gedoen het. Jy is reg, Drako. Arnikin kan vir my 'n bedreiging word, my selfs vernietig, maar dan sal ek alreeds die wat daarvoor verantwoordelik gaan wees laat boet."

Drako se oë rek.

"U gaan my dus verantwoordelik hou? Dan stel ek voor, dat daar 'n ander kandidaat gesoek word."

Meteens gloei helder-pers oë binne die swart van die kappie.

"Daar is nie tyd nie! Sou jy nie kans sien vir nie, Arnikin kan ek jou nou laat boet! Onthou waar ek jou gevind het, en jy sal wens jy het my nooit ontmoet nie. So, jy het nie 'n keuse nie, en ook nie jou dogter Balanka nie! En Balanka, in die toekoms gaan jy 'n sleutelfiguur vir my wees, so moet my nie faal nie ... Nie één van julle twee nie!"

Lawakoningin Yeva en die Talottara-gees verdwyn voor Drako en Balanka.

Drako kyk na Balanka.

"Die sterre gaan in aanraking kom met onheil. Groot onheil. Ek moet jou ook verantwoordelik maak vir Arnikin. Wees baie versigtig, moet nie jou kop verloor nie. Arnikin is in vlees, maar die dubbel mag-Rommozor wat in hom heers, gaan van elke geleentheid gebruik maak om jou te manipuleer. En sou die dubbel mag-Rommozor daarin slaag, sal dit nie skroom om jou deur Arnikin te vernietig nie."

Balanka knik. "Ek verstaan, Vader, Arnikin sal weet en voel wanneer hy aan die verkeerde kant van my is."

Drako knik tevrede met sy kop. "Nou, gaan na Arnikin. Demonstreer aan hom tot waartoe jy in staat is. Dit is tyd dat Arnikin moet weet en besef. Hy sal nooit ooit 'n kans hê om met ons rebels te wees nie."

"Ek gaan dadelik na hom."

Balanka loop weg van Drako.

Hy het 'n diep plooi tussen die oë soos hy dink ...

2

Die twee swart geboue staan duidelik uit teen die blou kranse. Wit beligting asook gekleurd is oor die swart geboue verspreid.

In een van die geboue en 'n woon-eenheid staan 'n gladde bruin hare seun en sy helder ligblou oë staar doelloos by die venster uit.

Hy het 'n swart kortmou hemp en 'n swart kortbroek aan. Swart skoene is aan sy voete, met swart sokkies wat tot by die enkels strek.

Sy vel het 'n glans van die woon-eenheid se beligting.

Meteens slaan 'n hand hard oor sy skouer neer. Arnikin reageer, swaai om en kap met sy arm na bo. So word die arm van Balanka na bo gekap en daar vorm 'n pyn uitdrukking in haar oë.

"Dit is die tweede keer dat jy my seermaak," sê Balanka met woede in haar stem.

"Dit is die tweede keer dat jy vat waar jy nie moet nie! En hoe gebeur dit, dat jy skielik net hier kan wees?"

"Ek kan wees waar ek wil wees," sê die uitdagende stem van Balanka.

Arnikin het 'n uitdagende gluur.

"Wees waar jy wil wees, nét nie hier by my nie."

Balanka het tog 'n bewondering in haar blik terwyl sy na Arnikin kyk. "Jy is mooi en oulik, maar my vader het my gewaarsku teenoor jou."

Meteens het Arnikin 'n sag weerlose blik in sy helder ligblou oë. Die blik wat enige een se hart sagmaak en selfs laat smelt.

"Neem my na my mamma, asseblief. Dan sal niemand jou waarsku teen my nie."

Balanka ontwyk Arnikin se oë. "Ek kan nie Arnikin, ek kan net nie. Jy is uitverkies, daar gaan groot take op jou skouers rus."

Arnikin se oë is glurend van uitdaging.

"Dit deur die Tallottara-gees en die Lawakoningin Yeva, die Donkermag. Ek het nuus vir jou, hulle is my vyande en die ook wat hul navolg, soos jy en jou vader. So as jy my nie na my mamma wil neem nie, vir jou eie veiligheid, laat my alleen. Ek kan self sien en klaarkom."

'n Spottende lag is van Balanka.

"O, uhm ... ja. Ons is gewaarsku dat jy rebels gaan wees en ek bang jou nie, Arnikin Arrabel."

Arnikin het 'n woedende gluur. "Jy maak my kwaad! Los my nou alleen!"

"Ek kan nie, jy gaan baie met my te doen kry, én, wat laat jou dink ek gaan jou alleen laat soos jy versoek?"

Arnikin se liggaam beweeg soos hy kwaad word. Die helder ligblou oë straal woede uit.

"Gaan na jou pappie ... gáán nét!"

Balanka het 'n uitdagende blik. "Ek laat my nie deur 'n snotneusie beveel nie."

Balanka sien dat Arnikin byna buite beheer van woede is.

Arnikin het vinnig sy vingerpunte voor sy oë en rig dit na Balanka. Helderpers strale verskiet uit die vingerpunte, maar voordat die strale vir Balanka tref, is sy deursigtig en die strale gaan reg deur haar.

Balanka is weer solied en 'n vermakerige glimlag is oor haar lippe. "Wat is volgende?"

Arnikin kners op sy tande en rig weer sy vingers op Balanka.

Voordat enige straal uit die vingers skiet, gooi Balanka haar kop na agter en haar heldergeel-blond hare kom in lyn. Sy swaai haar kop na voor en die hare vou vinnig soos 'n sweepslag geluid, om die arm van Arnikin.

Gille kom van Arnikin en Balanka laat haar nek ontspan. Die hare val slap en hang weer langs haar lyf.

Arnikin staan gebukkend met sy regtervoorarm in sy linkerhand. Pers-rooi hale is oor sy voorarm. Trane blink oor sy wange.

Meteens skop hy onverwags en 'n skoensool tref Balanka vol op die mond.

Sy steier agteruit en kom op haar rug te lande. Sy kom vinnig orent en bloed vanuit haar lippe het alreeds spore teen haar keel af gemaak.

Sy spring op, gooi haar kop agteroor sodat die hare in lyn is, maar Arnikin is nie in sig nie.

Spanning laai op.

Die skerphoekige groen oë kyk waaksaam om haar.

Blitsvinnig het sy die sekellemwapen se opvoubare steel in haar hande met die sekellemme aan die punte gemonteer.

Balanka maak 'n beweging met haar hande en die steel ontvou in 'n lang reguit steel met die sekellemme aan die punte. Haar hande beweeg met die steel en die steel word onsigbaar deur die hande geroteer.

Die sekellemme maak soliede silwer strepe, met wind en kap geluide wat van die lemme afkomstig is.

"Arnikin, wys jouself, ek wil jou nie in stukke kap nie … Arnikin!"

'n Blink gepoleerde metaal faas tref met fors vir Balanka agter die kop. Sy struikel vorentoe en swaai om. Maar sy sien nie vir Arnikin nie.

Om 'n meubelstuk, loer helder ligblou oë na Balanka wat nog steeds die sekellemme roteer. Arnikin wys sy hand na nog 'n ornament.

Met die sterk telekinetiese krag van Arnikin, beweeg die ornament voordat dit op Balanka afvlieg.

Sy sien die ornament in die lug en roteer die sekellemme in die rigting van die ornament. Geel vonke sprei van die ornament af weg wanneer die lemme deur die ornamente gekap word. Stukke van die ornament versprei oor die vertrek heen.

Arnikin soek met sy helder ligblou oë na nog ornamente wat sal deug vir die doel om vir Balanka bewusteloos te gooi.

Hy sien 'n buffet en hy weet dat daar breekgoed in die buffet is. Hy trek sy gesig van inspanning en staar na die deure van die buffet.

Meteens swaai die deure oop en breekbare artikels verskiet met spoed uit die buffet.

Met vinnige reaksies, reageer Balanka, en voordat enige breekbare items haar kan tref, spring sy bollemakiesie die lug in op en swaai haar liggaam tot agter 'n bank in. Reg voor haar is die verbaasde blik van Arnikin.

Haar hande staak blitsvinnig en sy druk een van die sekellemme teen die keel van Arnikin. Die vlymskerp snykant van die sekellem dring die keelvel van Arnikin binne.

Bloed sypel stadig teen sy keel af waar die lem hom sny.

Balanka se oë is starend van woede.

Meteens staan Drako agter Arnikin.

Met sy vingers aan die lem, trek Drako die lem van Arnikin se keel af weg.

Arnikin kyk ook om en op na Drako.

Drako gluur na die bebloede mond van Balanka.

"Kry jou gesig in orde. Die opleiding vir Arnikin begin nou."

Met 'n ergerlike beweging vou Balanka die steel op en die sekellemme is teenaan mekaar.

Sy sit die lemme in die skede. Sy kyk uitdagend na Drako.

"Vader, Arnikin gaan enige opleiding teenstaan. Ek stel voor ..." Balanka kyk vir Arnikin, "dat hy vernietig moet word."

Arnikin het 'n vermakerige glimlag. "Sekerlik deur jou? Jy wat dit nie eens aan die begin kon doen nie."

Balanka gryp weer na die sekellemwapen, maar Drako se hand rus kragtig op die hand van Balanka.

"Genoeg! Gehoorsaam my ... Nou!"

Balanka loop met 'n ergerlike lyftaal na die was-eenheid.

Arnikin kyk onverskrokke na Drako. "Neem my na my mamma en jy sal rustig kan slaap, met die wete ek nie die dood oor jou sal bring in jou slaap nie."

'n Tevredene glimlag is oor Drako se lippe. "Ek neem jou waarskuwing ten harte, Arnikin Arrabel. Tot dan, neem ek jou na verskillende planete wat ek uitgesoek het vir jou opleiding. En solank as wat jy onder my toesig is, sal ek jou die gevaarlikste, tog wreedste, kryger maak. Jy sal as 'n maatstaf dien vir die wat na jou opgelei gaan word."

Die onverskrokke kyk in Arnikin se oë het verdwyn en 'n klein skewe glimlaggie vorm oor sy lippe...

3

Sonnestelsel Skalia

Planeet Daïer Pyre Chimini

Waar die sewe sonne van sonnestelsel Skalia nie skyn nie, is dit donker oor die helfte van die driehoek-diamant planeet, Daïer Pyre Chimini.

Dit is nag oor 'n stad en in een van die hoë geboue, staan Jutta Arrabel op 'n balkon.

Haar oë volg nou en dan 'n lugtuig op weg na 'n bestemming.

Sy voel hoe hande sag op haar skouers gesit word. Sy kyk om en sien hoe Lotario haar met sy helder ligblou oë aankyk.

Hy sien hoe Jutta haar hande oor haar buik het. Lotario sit ook sy hand sagkens op haar maag neer.

"Lotario, ons moet vlug van planeet Daïer Pyre Chimini. Ek vertrou nie die magte nie, nog minder die mag-Rommozor. Ek wil lewe aan ons baba skenk ver weg van bose magte én die bose-self."

Dit is asof Lotario 'n verheldering oor sy gesig kry.

"Ek weet net waar. My vader Torian, het grootgeword op 'n tropiese planeet met die naam van Bukurah. Ons gaan daarheen, maar nie op die planeet-self nie, op een van die mane."

Jutta het 'n vrees-blik in haar oë. "Lotario, wat as hierdie seun van ons ook gaan word soos Arnikin."

Lotario het 'n verbaasde blik. "Seun?"

"Ek voel aan dit is 'n seun."

Lotario dink en skud sy kop. "Hy sal nie so wees soos Arnikin nie. As die magte, enige magte, nie weet van ons seun nie, kan geen euwel die mag-Rommozor wat wel in hom gaan wees, kan manipuleer nie."

Lotario neem Jutta ferm aan die skouers.

"Pak jou goed ons ster vanaand nog na die galaksie waarin planeet Bukurah is."

"Ek voel 'n doodse vrees in my woed, Lotario," sê die onseker stem van Jutta.

Lotario druk Jutta teen hom vas.

"Moenie bang wees nie, die keer sal ek sorg dat geen mag sal weet van ons seun nie."

4

Verloop van tyd

Planeet Dorsoro

Diep, diep die parallelle heelalle heen met die wilde ontembare galaksies. Hier waar galaksies en planete nog onbekend is en wat nog ontdek moet word. En weens die geaardheid en wreedheid van sekere planete, eerder glad nie ontdek moet word nie.

'n Klip-droë wit sandwoestyn planeet is een so 'n planeet, met die naam van Dorsoro. Hier waar hittegolwe oor die horison soos massiewe watergolwe voorkom.

Die dwerg geel son skroei aggressief op die planeet neer. Daar is nie eens 'n sweempie bewys van 'n bries nie.

Deur die digte hittegolwe is kranse sigbaar. Onder die kranse en vergelyking aan die grootte van die kranse, is spikkels. Die spikkels is liggame. Een van die liggame is die van 'n man, Drako.

Sy gesig is nat van die sweet. Sy geel-blond hare oor sy kop is deurnat. Die growwe materiaal kleredrag wat hy aan het, hang warm oor sy lyf.

Drako se vreemd perskleurige oë gluur na die jong seun voor hom. Die seun se gesig is blink van die sweet. Die gladde bruin hare lê nat en swaar oor die kop.

Arnikin se helder ligblou oë staan duidelik teen sy blinknat geswete gesig uit. Hy het swart kleredrag aan, met stewels wat tot by sy kuite strek. Om Arnikin se liggaam is 'n skede gebind met sekellemme wat sigbaar is.

Nie ver van die twee nie, staan Balanka met haar rug gestut teen 'n rots. Haar skerphoekige groen oë is starend op haar vader, Drako en Arnikin gerig.

Drako begin al om Arnikin loop. Sy stewels knars oor die warmgebakte klippe en sand.

Arnikin draai in die rigting wat Drako al om hom loop.

Die stem van Drako breek die hitte heersende stilte. "Ek het jou geneem tot in die diepste van die heelalle. Geneem na galaksies en dié se sonnestelsels en planete. Ek het jou opgelei in alle aspekte van 'n kryger. Balanka het jou opgelei in die beheer van die sekellemwapen. Ek het jou teen die dood laat baklei. Ek het jou teen monsters laat veg, en jy het my elke verkeerd bewys; jy sal nie ophou veg tot jou vyand dood is nie. Dit is briljant om die minste daarvan te sê. Nou vir dié deel van jou opleiding ... Ek wil sien hoe goed jy werklik is om teen my te staan te kom. Ek gaan geen genade aan jou betoon nie en ek verwag van jou dieselfde. Die dood sal die oorwinnaar uitwys."

Drako gaan stilstaan en sy hand gaan na 'n hef teenaan sy sy. 'n Metaal op metaal geluid word gehoor soos hy 'n swaard uit 'n skede trek.

Arnikin se hand gaan na die skede met die sekellemwapen binne. Die twee sekellemme is vir 'n oomblik in sy hand en Arnikin maak 'n beweging met sy hande. Die opvoubare steel is binne sy hande en weer voer sy hande 'n beweging uit. Die steel is solied met 'n sekellem aan elke punt.

Die steel word deur Arnikin se hande geroteer met wind en kap geluide wat volg. Die wind van die lemme waai koel oor die gesig van Arnikin.

"Daar is geen reëls nie, Arnikin, ook nie vir my nie!"

Drako storm en swaai-kap die breë swaard na Arnikin.

Arnikin buk af en val aan om met die sekellemme swaai bewegings uit te voer.

Drako spring in die lug in op, maak sy lyf bollemakiesie en is op sy stewels reg agter Arnikin.

Arnikin het intussen omgeswaai en die sekellemme is dodelik naby die gesig van Drako.

Hy kan die winde van die lemme aanvoel. Weens dat die sekellemme vlymskerp is, kan Drako blits vinnig onthoof word.

Drako spring agteruit en hou sy hand na Arnikin.

Met die sterk telekinetiese krag van Drako, word Arnikin na agter gegooi, so asof hy met 'n soliede item getref was.

Drako storm op die lêende Arnikin af.

Arnikin rig sy hand na Drako.

Drako word met 'n kragtige telekinetiese hou in die maag getref. Hy vou vooroor en ploeg neer oor die wit klipperige sand tot by die stewels van Arnikin.

Blits vinnig het Arnikin opgespring en laat weer die steel in sy hande roteer.

Drako duik net betyds agteruit voordat die sekellemme hom tref.

Met die arms en hande beweging, laat Arnikin die sekellemme wapen vinniger roteer.

Hy laat die steel met die onsigbare sekellemme weens spoed, tot langs die kante van sy lyf roteer.

Die wind-kap geluide is aaneen en is hewiger as voorheen.

Arnikin se helder ligblou oë is glurend soos hy konsentreer.

Balanka hou die gespanne situasie met intensiteit dop.

Drako se oë is gekonsentreerd op die bewegings van Arnikin. Hy sirkel stadig al om Arnikin.

Arnikin begin om moeg te word en die rotasie van die sekellemme is stadiger, maar die oë van Arnikin is skerp soos hy konsentreer.

Drako beweeg ongemerk nader aan Arnikin.

Meteens skop Drako in die lug en 'n telekinetiese krag skop tref Arnikin teen die bors op sodat hy terug steier.

Drako storm en kap-sny met die breë swaard. Die swaard se vlymskerp punt, tref die linkerkantse ooghoek teenaan die neusbrug van Arnikin. Die lem gly afwaarts en is so oor die wang en eindig op die onderkaak. Bloed het alreeds deur die breë sny begin sypel en loop in strale teen die wang van Arnikin af. Blits vinnig manipuleer hy enige pyn.

Die rotasie van die sekellemme het weer begin en is hewiger soos Arnikin die wapen roteer.

Nou en dan kan 'n silwer streep van 'n lem gesien word.

Beide Drako en Arnikin is die ene konsentrasie.

Drako tel sy been op om weer 'n telekinetiese krag skop uit te voer, maar Arnikin het die beweging sien kom.

Met 'n vinnige sprong vorentoe, is Arnikin nader aan Drako.

Arnikin voer 'n swaai-kap beweging met die sekellemme uit en die vlymskerp snykante van die lemme is oor die keel van Drako.

'n Breë gleuf vorm oor die keel en bloed stroom vinnig uit die wond en so oor die kleredrag van Drako. Hy sak tot op sy knieë en val op sy sy neer.

Balanka se groen skerphoekige oë is met skok gerek.

Sy pluk die sekellemme wapen uit haar skede en blitsvinnig is die steel ontvou.

Balanka doen 'n vinnige maneuver en sy is voor Arnikin.

Voordat hy kan reageer, is die een sekellem se snykant teen die keel van Arnikin. 'n Staaltjie bloed vorm al met die lem langs.

Arnikin se helder ligblou oë is vreesloos, maar tog onrustig op Balanka gerig. Hy weet dat sy hom sonder inspanning kan onthoof.

"Balanka ... Balanka!" word ergerlik geroep en Balanka kyk waar die stem vandaan kom.

Reg agter haar is 'n deursigtige gees van Drako.

"Laat vaar jou woede!"

Balanka laat die sekellemme sak.

Die gees van Drako sweef na sy lêende vlees liggaam en verdwyn die liggaam binne.

Drako in vlees staan op. Deur breinkrag laat Drako die snywond aan sy keel die bloed stol. Maar die wond is nog steeds rou.

Drako se hand steek weer die swaard die skede binne. Sy hand glip iewers sy kleredrag binne en wanneer sy hand weer te voorskyn kom, is 'n swart doek in sy hand.

Hy loop na Arnikin en raak aan die wond aan die wang en so word die bloed gestol.

Hy vee met die swart doek die oortollige bloed oor die wang af en bind die swart doek oor die neus en mond van Arnikin. Net sy helder ligblou oë is sigbaar.

"Jou opleiding is afgehandel. Van nou af gaan planete van jou weet en daarvoor is daar nog net een daad oor. Kom ons vertrek na sonnestelsel Maximos. Jou reputasie gaan van daar af versprei na die res van die planete."

Drako, Arnikin en Balanka loop na 'n krans en wanneer hulle verby die krans loop, staan 'n sterskip met haar landingstoestel.

Hulle loop die loopbrug op die sterskip binne.

Sodra die loopbrug opskuif met 'n hum geluid en deel vorm van die boeg, word die masjinerie van die sterskip gehoor. Die sterskip styg na die helderblou lug.

5

Planeet Bukurah

Die dwerg tropiese son het 'n rooi, geel en oranje kleur. Oranjegeel ringe versprei van die son na 'n groot groen kleurige tropiese planeet met blou variasies binne. Regs van die planeet is drie tropiese mane. Al drie die mane het groen skakerings met variasies van blou tussen in.

Op 'n tropiese maan

Die soel vel van die mens-spesie man het 'n blinknat voorkoms van die hoë humiditeit van die woude.

Die man spring in die draf oor 'n boomstomp wat skuins oor 'n sloot lê. Sy ligbruin oë kyk om en hy sien hoe 'n kind oor die stomp spring. Hy let op dat die kind moeër is as voorheen en hy stop. Die kind gaan hygend agter die man staan. Die kind is 'n dogter. Haar swart hare hang versprei oor haar rug. Sy het ook soos die man, 'n eenstuk materiaal om die middel gebind.

Damar glimlag vir sy dogter, terwyl sy na hom met haar bruin oë kyk.

"Najah, ek eer jou vir jou kragte, maar ek dink ons moet rus," sê die man besorgd in 'n vreemde taal.

"Ek kan bybly, Vader, dink aan Jutta."

"Jy het die kruie-mengsel?"

Najah knik. "Ja, Vader."

Najah bring 'n sakkie te voorskyn. Die sterk en skerp reuk van die kruie kan Damar ook ruik.

Damar kyk na die son. Omdat dit 'n tropiese son is, verblind die son nie die oë nie. En Damar sien die variasies van rooi, geel en oranje.

Dan kyk hy in 'n rigting en sien hoe die een maan groot en duidelik in die daglig te siene is.

Sy oë dwaal na die linkerkant en hy sien hoe planeet Bukurah se variasies van groen en blou opmerklik is.

"Vader!" roep Najah, "asseblief laat ons verder. Hoe gouer Jutta die kruie inkry hoe beter."

Damar knik en begin weer om te draf. Hy hoor hoe klein voetstappe hom volg.

Nie te ver weg van Damar en Najah nie, is 'n stat wat uit groen grashutte bestaan.

Die stat is dig begroei deur die woud se inheemse bome.

In die middel van die hutte trek rook uit stompe. Onder die stompe lê wit kole en as. Rooi gloeiende kole en as tussen die wit kole en as, is 'n bewys dat die kole smeulend gehou word. Kinderstemme klink van naby die stat in die woud op.

In 'n hut op 'n matras van gras en met tak bedek, lê 'n swanger vrou met haar loshangende swart krulhare onder haar kop.

Haar liggaam is bedek met seemsleer. Haar groen-grys oë is waserig. Haar vel het 'n blinknat voorkoms. Nie net van die humiditeit nie, maar ook van die hoë koors wat binne haar woed.

Langs die vrou, met sy bene gekruis, sit 'n man. Sy helder ligblou oë rus op die liggaam van die vrou. In die man se oë is bekommernis. Hy het 'n plooi tussen die oë soos hy dink.

Dit is al 'n geruime tyd dat hy en Jutta Arrabel op die maan is. Maar, dink Lotario met 'n meer bekommerde blik, Jutta het begin siek word.

Nadat Lotario en Jutta met die sterskip op die maan geland het, wou Lotario en Jutta die omgewing verken. Maar tot hul verbaasdheid, het inboorlinge van die maan hul opwagting gemaak.

Met skerppunt stokke, wat gepaard gegaan het met ergernis, is hul gevange geneem en gebring na dié stat. Nie een kon die ander een verstaan nie. Maar die hoofman van die inboorlingstam het sy misnoeë te kenne gegee dat hy nie met die besoekers te vrede was nie.

Van die mans van die inboorlingstam het net hul oë op Jutta gehad omdat sy 'n mooi vrou is.

Jutta het, net soos Jutta Arrabel kan, hul betower met die uitstraal van haar liefde.

Sy het haar maag vir hulle gewys en die vroue as sowel die mans, het met hul taal onderlangs gebrom. Van die vroue het vir Jutta omsingel en selfs aan haar maag gevat.

Die vroue het begin opgewonde lag en opgeruimd verduidelik dat Jutta verwagtend is en met die, het daar 'n kalmte oor die inboorlingstam neergesak.

Lotario en Jutta het selfs hul eie hut van verharde modder, tak en gras ontvang. Maar Jutta het net begin swak word. Sy het aanhoudende koors ontwikkel.

Met gebaretaal het die inboorlingstam hul bekommernis aangaande Jutta gewys.

Daar is toe besluit om kruie te gaan haal by 'n geneesheer wat volgens die inboorlingstam, van die gode gestuur is om na hulle behoeftes om te sien.

Dit is nou net 'n kwessie van tyd en wag …

"Lotario …" sê 'n stem swak en Lotario se helder ligblou oë sper oop.

Jutta se hand gaan swak na die wang van Lotario. Haar warm van koors palm vryf oor sy wang. Haar stem is byna wind as sy praat.

"Beloof my … jy sal jouself beskerm … en vir Lazinnerin … soos ek jou beskerm het. Ek het jou … liefgekry … toe ek jou tussen die sterre gevind het … Ek…ek … Lotario …"

Lotario kniel en sy hand omvou die klam sweet hand van Jutta. "Jutta …" sê Lotario skor.

Jutta beur haar kop regop. "Jy … kan nie … toesien dat Lazinnerin … ook prooi word … Ahh …" Jutta se kop val slap terug.

"Help! Jutta!"

'n Baba se geskreeu laat Lotario na die oop gespalkte bene van Jutta kyk.

Hy sien hoe die baba gebore is.

Intussen het 'n inboorlingvrou die hut binnegekom. Sy het alreeds die baba in 'n doek toegevou.

Lotario kyk met gerekte oë na Jutta se gesig. Haar oë is starend en die lewe is uit die liggaam.

Lotario gaan by haar kop kniel en snikke met 'n harde huil volg. "Jutta … néé …!"

6

Damar en Najah draf die stat binne. Hulle hoor duidelik 'n gehuil van die vrouens.

Najah wil na die hut hardloop waarin Jutta is, maar Damar hou haar terug.

"Die dood het haar kom haal, Najah."

Najah se oë spat vol trane. Sy ruk haar los en hardloop na die hut. Najah hardloop die hut binne en sien hoe Lotario, Jutta se oë toedruk. Sonder om te aarsel loop sy na Lotario en omhels hom.

Lotario maak sy oë toe terwyl trane daaruit loop en druk die tingerige meisiekind teen hom vas.

Vuur se vlamme lek aggressief vanuit takke en blare wat om die lyk van Jutta gebind is.

Dit is 'n wolklose nag en die sterre met 'n gedeelte van die groter maan, asook gedeelte van planeet Bukurah is helder en duidelik sigbaar.

Die rooi-geel vlamme gooi swart bewegende skadu's om liggame.

Die inboorlinge begin om droewig te hum – hulle manier om te rou. Hier en daar klink snikke van vrouens en kinders op.

Lotario staar doelloos na die vlamme.

Dit voel asof sy hart uitmekaar wil skeur van pyn en hartseer. Hy draai voor die vlamme om en stap weg van die kring van inboorlinge.

Najah wil agter hom aanloop, maar 'n swaar hand vat om haar skouer.

Sy kyk na die liggaam en sien hoe hoofman Ajala haar aankyk.

"Los hom, Najah, laat hom treur."

Najah kyk weer na die vlamme en trane loop onkeerbaar oor haar wange heen.

Die getjir deur die nag insekte is byna oorverdowend waar Lotario staan.

Hy kyk op na die helder skitterende sterre. Die een gedeelte van die maan is duidelik sigbaar.

Meteens sweef 'n geestelike figuur in 'n deursigtige swart kleed voor Lotario en die gees is, mag-Rommozor. Mag-Rommozor se ligblou oë is gerig op die helder ligblou oë van Lotario.

"Lotario, ek voel jou smart aangaande Jutta. Sy was 'n goeie vrou. Jy het worstelende vrae aangaande die baba Lazinnerin. Hy beskik nie oor 'n mag van my nie, maar die booswigte van die heelal, naamlik die Tallottara-gees en die Lawakoningin Yeva, is bewus van hom. Dus verkeer Lazinnerin in groot gevaar. Maar daarvoor sal ek hulp aan jou stuur. Drie jong Magkrygers sal binnekort hul verskyning op die maan maak. Jul al ses sal na planeet Raggamajos gebring word."

Lotario het 'n verwarde blik. "Jy noem al ses? Ek verstaan nie?"

"Dit is die drie Magkrygers, jy, Lazinnerin en ..."

Lotario sien hoe die ligblou oë van mag-Rommozor verby hom kyk en Lotario kyk om.

Daar is meer 'n verbaasde blik as 'n verwarde blik in die oë van Lotario.

Agter hom staan 'n wit-grys haarbedekte Barakka liggaam ... Quies.

Quies hou sy hande smekend voor hom. Die ligblou oë het 'n weerlose blik. Tog is daar 'n opgewonde blydskap in Lotario oor die ontmoeting met Quies.

"Quies!"

Maar die blydskap is van korte duur as Lotario aan Jutta dink.

"Ek weet van Jutta, Lotario," sê Quies.

"Wat maak jy op die maan?" vra Lotario.

"Nadat Jutta my weggestuur het deur die ontvoering met Arnikin, het ek 'n voorgevoel gehad en na dié maan gekom. Mag-Rommozor het my laat weet julle kom na die maan. Ek wou nie vroeër my opwagting maak nie, ek was bang ek sou Jutta ontstel het. Tot my bittere spyt is sy dood."

Lotario draai weer na mag-Rommozor.

"Ek het Arnikin aan die booswigte van die heelal afgestaan, ek gaan nie dieselfde doen met Lazinnerin nie."

"Dus die drie jong Magkrygers wat ek alreeds na die maan gestuur het, Lotario. Sodra hulle hul voete op die maan gesit het, ster julle na planeet Raggamajos. En Lotario, Arnikin is wel in die hande van die booswigte, maar solank hy my mag in hom het, sal hy balanseer."

Die gees-figuur word dowwer en verdwyn.

Lotario kyk na Quies. "Kom ek gaan wys Lazinnerin aan jou."

7

Sonnestelsel Maximos

Planeet Tushhan

Die grootste planeet wat in enige sterrestelsel gevind sal word ... planeet Tushhan.

Tot 'n duisend keer groter as die grootste planeet in enige sterrestelsel.

In 'n stad met die naam van Lormanar, is geboue buite sig hoog en breed. Dit is 'n geskarrel van lugtuie en selfs kleinerige sterskepe. Mobiele vervoermiddels is op hul weë na hul bestemmings.

By 'n lanseerarea staan 'n man geklee in rowwe materiaal kleredrag, Drako. Sy geel-blond hare is styf agteroor gekam waar dit agter sy rug gebind is.

Langs hom staan 'n jong seunsliggaam, Arnikin.

Hy is geklee in swart kleredrag met swart stewels.

'n Swart doek is om die neus en mond gebind. Net sy helder ligblou oë steek uit.

Drako kyk af na Arnikin en sit sy hand ferm op sy skouer neer. "Jou laaste kans om van besluit te verander. Sou jy besluit om nie die laaste opdrag van jou opleiding uit te voer nie, sal ek dit so aanvaar en jy kan ster na jou vader Lotario en jou baba-boetie, Lazinnerin."

Arnikin het 'n verwarde blik wanneer hy na Drako kyk.

"My vader en boetie? Ek het nie geweet ek het 'n boetie nie. Maar wag so bietjie. Wat van my moeder, Jutta? Ek het jou met die dood gedreig oor my moeder. Jy weet iets, wat is dit? Sê my ... sê my nóú!"

Drako maak hard keel skoon.

"Jammer seun, die Tallottara-gees het laasnag aan my bevestig. Jou moeder is dood. Jou vader was roekeloos en het haar geneem na een van die drie mane van planeet Bukurah. Sy het gesterf as gevolg van jou vader se nalatigheid, met jou boetie Lazinnerin se geboorte."

"Wat?!"

'n Lugtuig-bus gaan voor Arnikin en Drako op die lanseringsblad land.

Drako staar voor hom.

"Jou laaste deel van jou opleiding het aangebreek, Arnikin. Soos ek gesê het, die keuse is joune."

Arnikin se oë gluur met haat na die lugtuig-bus voor hom. Die bus is gevul met soldate.

Met 'n ergerlike lyftaal, ruk Arnikin die swart kleredrag oop en bring 'n sekellemwapen te voorskyn.

Net wanneer die skuifdeur van die lugtuig-bus oopgaan, sodat die soldate die tuig kan uitklim, spring Arnikin die tuig binne. In die proses, het hy die opvoubare steel ontvou en 'n sekellem is aan elke punt.

Arnikin laat die sekellemme roteer en is tussen die soldate in. Pyngille klink hard en benoud van die soldate op. Bloed spat teen die binnekant van die vensters vas soos ledemate afgekap word.

Arnikin is so vinnig dat geen soldaat 'n wapen op Arnikin kan gebruik nie.

Wanneer die laaste soldaat val, laat Arnikin die sekellemme se rotatasie staak met die steel in sy hande.

Hy kyk na die dooie soldate. Almal in stukke gekap deur die sekellemme.

Arnikin vou die steel op en die sekellemme is teenmekaar.

Hy sit die sekellemme in 'n skede en stap die bebloede lugtuig-bus uit.

Wanneer hy by Drako is, neem Drako hom aan die elmboog en begin loop.

'n Vet wese-vrou loop na die bus en sien die bebloede toneel voor haar.

Sy begin om te gil en speeksel hang in drade van haar groot vierkantige tande af.

In 'n hoë gebou en in een van die se duisend wooneenhede, kyk Drako hoe Balanka langs Arnikin sit.

Arnikin toon geen berou bo die doek wat om sy neusbrug en mond gebind is nie, eerder 'n blik van haat. Sy oë is net glurend voor hom.

Wanneer hy begin praat, kan haat in sy stem bespeur word.

"Ek weet nou, my vader is verantwoordelik vir my moeder se dood. Ek wil hom in stukke sien lê ... Stukke!"

Drako begin praat. "Maar, Arnikin, jy het jou opleiding met vlieënde vaandels geslaag. Jou laaste toets om die soldate te dood was briljant."

Arnikin staan op. "Dit was nie my finale toets nie. Ek sal my eie finale toets skep, die dood van my sogenaamde vader, Lotario. Jy weet waar hulle is, meester Drako, neem my na Lotario. Ek wil my baba-boetie Lazinnerin by my hê, voordat Lotario hom ook laat sterf."

Drako knik en Balanka staan ook op.

Arnikin kom reg voor Drako staan. "Neem my, sodat ek my wraak kan laat geld en ek is deel van die Donkermag. Ek bind my tot die Lawakoningin Yeva en die Tallottara-gees, ek én Lazinnerin."

Balanka het 'n breë glimlag.

Drako plaas sy hande ferm op die skouers van Arnikin.

"Nou goed, ons styg na die tropiese planeet Bukurah. Ek weet op watter maan hulle is."

Balanka kyk uitdagend na Drako. "Ek gaan saam."

Drako knik met sy kop. "Laat ons aanstaltes maak en tot dusver het ons meer met Arnikin bereik waarop ons gereken het."

Op een van die tropiese mane van planeet Bukurah

Die humiditeit is hoog in die woud. In 'n hut van die stat, kyk Lotario met sy helder ligblou oë na die lang haarbedekte liggaam van Quies.

In die rooi handpalms van Quies lê baba-Lazinnerin en slaap. Quies het 'n sagmoedige kyk in sy ligblou oë.

Kinders se opgewonde stemme dring nou en dan die hut binne.

Lotario haal diep asem terwyl hy na Quies kyk.

"Jy het my verras vir jou liefde vir kinders, Quies. Sou jy my werklik as kind wou dood sien ...Quies?"

Quies staar gefrustreerd en glurend na Lotario.

"Ek is al moeg verduidelik, maar ek sal weer. Die magte op planeet Raggamajos sou jou nie gedood het nie. Jy sou teen die tyd 'n liggaam van vlees gehad het. Maar Jutta het alles anders laat uitwerk."

"Is ek nog 'n gevaar? Eerlik nou."

"Nee, Lotario, maar wanneer ons op planeet Raggamajos is, sal die magte sonder om jou vleeslike liggaam te dood, die mag-Rommozor heeltemal tem."

'n Stem roep van iewers van die stat.

"Hoofman Ajala!"

Wanneer Lotario en Quies by die hut uitkyk, kom drie kinders die stat binnegeloop.

Agter hulle loop manne met skerppuntstokke op die kinders gerig.

Lotario kyk na die kinders. Hy frons.

Die kinders is geklee in moderne klere. Hy sien die kinders is twee seuns en 'n dogter.

Die een seun het blonde hare en blou oë.

Die ander seun wat kleiner en jonger voorkom, het donkerbruin hare en donkerbruin oë.

Die dogter het lang ligbruin hare wat tot op haar lae rug versprei hang. Sy het groen oë.

In haar lyftaal is geen vrees te bespeur nie. Oor haar lippe is 'n vriendelike glimlaggie ten spyte van die inboorlingstam se reaksies.

Quies hou baba Lazinnerin na Lotario toe uit.

"Dit is die Magkrygers van planeet Raggamajos, deur mag-Rommozor gestuur."

Lotario vat die baba met verslaentheid oor sy gesig.

"Maar dit is kinders!"

"En hulle is Magkrygers. Ek sal nie voorstel dat jy hulle enigsins moet onderskat nie."

Lotario wil nog 'n vraag vra, maar Quies het alreeds uit die hut na buite geloop.

Dit het intussen nag geword.

In 'n groot hut, sit van die inboorlinge om 'n vuur. Met ook Quies, Lotario en die drie jong Magkryger kinders.

'n Groot vet man wys met sy hand na Quies.

"Verduidelik nou aan ons, wat gaan met baba-Lazinnerin en Lotario gebeur?"

Quies staan op en die oranje gloed van die vuur laat swart skadu's oor sy grys hare liggaam.

Hy wys sy rooi handpalm na die drie jong kinders.

235

"Laat my toe om aan julle die krygers voor te stel."

'n Spottende gelag klink op.

Hoofman Ajala het 'n ergerlike blik.

"Wat? Wil jy ons vir die gek hou? Ek sal nie toelaat dat Lazinnerin hierdie stat verlaat nie! Ek het aan Jutta beloof ek sal die baba beskerm. En dit is wat ek gaan doen!"

Quies probeer om so oortuigend as moontlik te klink. "En u hét! Maar baba-Lazinnerin is in gevaar. Ek minag nie die vegters van u nie, hoofman Ajala, maar booswigte van die sterre kan net deur krygers van die sterre gestuit word, en daardeur stel ek hulle aan u voor."

"Caydor ..."

Die blondekopseun met die blou oë staan op. Hy buig vlugtig voor hoofman Ajala en gaan weer sit.

"Roald ..."

Die klein geboude seun met die bruin hare staan op. Hy buig ook vlugtig en gaan sit.

"Serilda ..."

Serilda se ligbruin hare word in die vlamme se oranje gloed verlig wanneer sy opstaan. Haar groen oë rus op die kwaai gluur van hoofman Ajala.

Sy buig ook en gaan sit terwyl 'n glimlag oor haar lippe is.

Hoofman Ajala staan met 'n ergerlike lyftaal op en sy gesig is teen Quies s'n.

"Baba-Lazinnerin sal nie hierdie stat verlaat nie ... hoor jy my?"

'n Gejuig klink van die kring inboorlinge op.

In 'n klein hut sit Lotario langs Quies, met Caydor, Roald en Serilda om die vuur.

Lotario skud sy kop. Hy kyk na die drie kinders. "Ons kan wegsluip na jul sterskip. Hoofman Ajala sal ons nie mis in die nag nie. Dit is jammer hy maak dit moeilik."

Caydor kyk stip na Lotario.

"Hoofman Ajala pla my in die minste. Wat my pla is, jy vertrou ons nie."

Lotario het 'n kwaai gluur.

"Ek wil nie uitvind of ek julle kan vertrou nie! Daarvoor is Lazinnerin te kosbaar. So ek stel voor, ons vertrek vannag nog met die sterskip na planeet Raggamajos."

"Dit kan nie," sê Caydor kopskuddend.

"Waarom nie?"

Serilda begin om kalm te praat. "Die sterskip waarna jy verwys, is terug na die sterre totdat ons sal vertrek vanaf die maan."

"Wat?" blaf Lotario met ongeloof. "Quies! Laat die sterskip op die maan land sodat ons kan vertrek! Of ek neem Lazinnerin met my sterskip."

Quies trek sy skouers op. "Jammer, Lotario, dit is buite my beheer."

Lotario spring op. "Jy laat snotneusies besluite neem soos dit hulle pas!"

237

Roald kyk om na 'n bababedjie gemaak van gras en blare.

"Jy sal baba-Lazinnerin laat huil as jy so skree."

Lotario loop woedend op Roald af en wanneer Lotario vir Roald wil gryp, sweef Lotario.

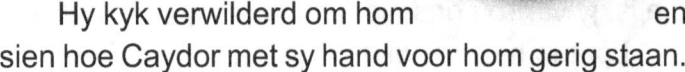

Hy kyk verwilderd om hom en sien hoe Caydor met sy hand voor hom gerig staan.

Serilda staan op en kyk na Caydor. "Sit hom neer, Caydor."

Caydor knik en laat sy hand slap langs sy sy val.

Met die, val Lotario op sy boude neer.

Serilda se gesig is voor Lotario.

"Luister, ons, en dit is die magte inkluis, wil nie hê daar moet weer 'n tragedie gebeur soos met Arnikin nie. Vir jou inligting, die Tallottara-gees weet van elke beweging. Sou ons vanaand ster, of jy ster alleen met Lazinnerin, gaan daar die een of ander probleem plaasvind. Die Tallottara-gees weet dus dat ek, Caydor en Roald, nie die maan sal verlaat alvorens die tyd reg is nie. Tot dan, berei jou voor vir besoekers van die Tallottara-gees, want ons is voorbereid."

Lotario staan op.

"Ek waarsku, ieder en elk, sou Lazinnerin in die hande van boosheid val, sal julle krygers moet kry om julle te beskerm ... teen my!"

Lotario stap die hut uit.

Quies voel hoe die kinders hom aankyk. Hy krap met sy vingers oor sy kop.

"Ek ken julle van planeet Raggamajos, want julle is verbonde aan die magte en julle ken vir my. Maar ek sal julle graag beter wil ken, dus het ek vrae."

"Ons sal jou antwoord op jou vrae, Quies." sê Caydor.

"Niemand is blind nie, julle is kinders. Hoe weet ek julle is waarlik Magkrygers? Ek het net een Magkryger as kind geken, en dit is Jaskara. Ek moet ander oortuig, maar is myself nie oortuig nie."

Caydor, Serilda en Roald kyk na mekaar.

Dan knik al drie saam en meteens skyn daar 'n helder verblindende lig uit elk van die drie kinders.

Quies konsentreer om in die verblinde lig te sien. Die Barakka kakebeen val oop.

Drie gees-liggame sweef voor Quies.

Helder byna gloeiende ligblou oë is gerig op Quies.

'n Stem is van een van die gees-liggame.

239

"Ons is nie net Magkrygers nie ons is ook sinte. Dus is ons meer as net Magkrygers. Moet jou nie blind staar aan ons kinderliggame nie, ons verkies dit so vir die onskuld van 'n kind. Ons geeste is eons oud in kan vir eeue in vlees-liggame wees so lank as wat ons wil. Nog vrae?"

Quies skud sy kop uit verslaentheid.

Die verblindende lig verdwyn in elke kind se liggaam in weg.

Dit is asof niks nou heiligs gebeur het nie.

Elke kind het 'n glimlag oor die mond terwyl Quies aangekyk word.

Quies voel hoe 'n rustigheid oor hom heers.

Hy knik om sy vertroue in die jong Magkrygers te bevestig.

Die nag-insekte se getjir is in harmonie met die atmosfeer van die nag.

Lotario loop verder die bos binne.

Hy kyk op en kyk na die gedeelte van die ander maan wat sigbaar is.

Lotario kyk om na die hut waarin Quies en die kinders is.

Miskien moet kinders nie onderskat word nie. Maar wat as daar lewe op die spel is?

Dan sal 'n ouer en meer volwasse kryger veelmeer vertroue inboesem.

Lotario kyk weer na bo na die sterre. Wat gaan die sterre nog oplewer? Wat se geheime skuil daar nog in die sterre?

Lotario kom tot 'n beslissing en besluit om na die hut te gaan.

Hy draai om, maar versteen vir die figuur in swart kleredrag voor hom, met 'n doek om die neus en mond gebind.

8

Lotario sien dat die liggaam nie veel ouer kan wees as, Caydor, Serilda en Roald nie.

"Is jy ook 'n Magkryger?" vra Lotario sarkasties.

"Nee, ek dood hul graag."

Lotario wil reageer op die antwoord. Maar die liggaam het vorentoe gespring en in die proses is 'n sekellemwapen ontvou.

'n Snybeweging word met beide roterende sekellemme uitgevoer wat aan die punte van 'n opvoubare steel is. Die sekellemme sny diep oor die buik van Lotario.

Druppende bloed word gehoor, en wanneer Lotario afkyk na sy buik, hang daar alreeds van sy binnegoed na buite.

Lotario sit wanhopig sy hande oor sy buik en sak tot op sy knieë neer.

Helder ligblou oë het 'n haat gluur op Lotario.

"Dit was vir mamma Jutta ..."

Lotario rig sy oë swak en tog verbaas op die figuur.

"Arnikin ..." prewel Lotario sag.

Maar dit is asof die lewe nie meer kan voorbestaan in die liggaam nie en die liggaam van Lotario val slap op die rug neer.

Arnikin kyk na die lyk van Lotario en sy oë is vir 'n oomblik op die bebloede sekellemme.

Wanneer Arnikin voor hom kyk, loop drie kinderliggame op hom af.

Die groot vuur wat in die middel van die stat gemaak is se rooi-oranje vlamme verlig die drie kinderliggame in 'n geel gloed van agter.

Arnikin gluur na die drie.

"Daar is niemand meer vir my baba-boetie Lazinnerin nie, nét ek. Dus gaan ek hom neem en my ontferm oor hom."

Roald loop vorentoe.

"Die daad waarop jy aanspraak maak, Arnikin, is alreeds aan ons drie toevertrou."

"Verstaan julle nie?" begin Arnikin gespanne, "daar is net een hoop vir 'n bestaansreg tussen die sterre, die Donkermag. Ek weet, ek is deel van die bestaansreg. Ek wil ook 'n bestaansreg vir my boetie gee, wat dieselfde bloed as ek deel. Wat is verkeerd daarmee? Sy lewe gaan nooit ooit bedreig word nie."

Serilda knik met haar kop.

"Sy lewe gaan bedreig word, sou hy in die vyandige hande val waarin jy is, Arnikin, die Donkermag."

Arnikin stik eers voordat hy lag.

"Ek wil nie julle seermaak of dood nie, maar as julle my wil probeer stuit moet julle die gevolge dra, én, dit is die dood."

Roald tree 'n tree vorentoe.

"Ons gaan jou stuit en dit sal 'n voordeel wees as ons jou vlees dood, sodat jou gees kan gaan na die magte op planeet Raggamajos."

Arnikin roteer die sekellemme uit ergerlikheid.

"Ek is nie deel van die magte nie!"

Caydor gaan langs Roald staan.

"Jy kan nie daarvan afsien nie, Arnikin! Jy besit 'n dubbel mag-Rommozor, maar jy het prooi geval in die hande van euwel. Ons sal jou graag wil help."

"Om my vlees-liggaam te dood, ek dink nie so nie. Maar Magkrygers kan gedood word."

Arnikin kap woes na Roald, maar Roald is nie meer voor Arnikin nie.

Meteens tref sole van stewels vir Arnikin in die lae rug en hy gil van pyn en buig agteroor.

Hy herstel blitsvinnig, swaai om en kap met die sekellemwapen.

Maar onsigbaar blitsvinnig, het Roald weer na bo gesweef en die keer tref stewels se sole vir Arnikin teen die skouer. Hy val en skuur oor die lang groen gras heen. Hy sien hoe sy sekellemwapen 'n ent van hom lê.

Arnikin spring op en duik na die sekellemwapen, maar die sekellemwapen sweef op tot in die oophand van Caydor.

Arnikin het 'n vrees te bespeur in sy helder ligblou oë.

"Julle het die rondte gewen, maar weet net dit, die geveg is lank nog nie verby nie!"

Arnikin spring op en hardloop die donker woud binne.

Caydor laat die sekellemwapen se steel opvou sodat die sekellemme teen mekaar is.

"Hierdie is nie 'n speelding vir kinders nie."

Voetstappe is agter die kinders en Caydor, Serilda en Roald kyk om.

Hoofman Ajala kyk na die lyk van Lotario. Sy oë beweeg na die kinders.

"Quies is weg ... baba-Lazinnerin is weg."

"Op ster met Lotario se sterskip na planeet Raggamajos. Baba-Lazinnerin is veilig," bevestig Caydor.

"Julle het dus alles beplan?"

"Ons was voorbereid," sê Serilda.

Hoofman Ajala kyk weer na die lyk van Lotario.

"Lotario was nie boos nie. Ek sal graag aan hom respekte wil toon met vlamme."

Caydor knik.

"Hy was nie boos nie en ons drie sal graag ons eer aan hom wil betoon voordat ons ster na planeet Raggamajos."

Meteens verskyn 'n duidelike gees van Lotario. Hoofman Ajala duik gillende op sy maag neer van skrik en benat homself.

Die kinders staan egter in hul posisies.

"Dankie julle, Quies is by die magte op planeet Raggamajos met Lazinnerin."

Al drie kinders buig vlugtig uit respek vir die gees van Lotario en kom weer regop.

Die gees van Lotario verdwyn.

Die aand se sterre skitter met die beeld van een van die drie mane en planeet Bukurah in die agtergrond.

Insekte tjir luid en helder.

Die rooi-oranje vlamme lek om die punt van 'n fakkel in die hande van hoofman Ajala.

Hoofman Ajala loop na die liggaam van Lotario wat van kop tot toon in tak en blaar toegedraai is. Hy rig die vlamme na die blare en die blare en takke vat vlam. In 'n paar oomblikke is die hele liggaam in vlamme gehul.

Die oranje gloed van die vlamme verlig die gesigte van die inboorlingstam, asook die gesigte van Caydor, Serilda en Roald.

Geagte Leser,

Ons hoop dat jy ons boek geniet het en dit boeiend gevind het. Jou terugvoer is baie belangrik vir ons en vir toekomstige lesers.

Ons sal dit baie waardeer as jy 'n paar oomblikke kan neem om 'n resensie op Amazon te skryf. Jou mening help ander om ingeligte besluite te neem en dit help ons om beter te verstaan wat ons lesers waardeer.

Gebruik jou foon om die QR-kode te skandeer om direk na die resensiebladsy van die boek te gaan. Maak eenvoudig jou kamera oop en klik op die webskakel.

Baie dankie vir u ondersteuning!

Vriendelike groete,
Malherbe Span